調理場から五十五、六のコック長が顔を出した。男と眼が合う。

男が、笑った。
五、六分して、男の注文したサイコロステーキとサラダが、運ばれてきた。
「これだよ」

と、男はウエイトレスにいう。

「前と同じように美味《うま》いといいがな」

「これが、サイコロステーキなんですか？」

パートの若いウエイトレスが無邪気にきく。

「そうだ」

「サイコロみたいに切ってあるだけですね」

「だから食べやすいし、ソースがよくしみ込むんだ」

と、男はいい、ゆっくりと食べ始めた。

食べ終ると、男はレジに行き、黙って、二千五百円を置いた。

レジの女が、それを受け取っていいかどうか迷っていると、

「わかっているんだよ、サイコロステーキにサラダで二千五百円だ」

と、男は、いった。

「メニューに復活するようにコック長にいっておいてくれ」

男は、エレベーターで、一階ロビーに戻ると、フロントに、

「タクシーを呼んでくれ。湯河原《ゆがわら》まで行きたい」

と、いった。

タクシーが来ると、男は乗り込み、

「奥湯河原の青山荘《せいざんそう》」

と、運転手に、いった。

3

タクシーは夜の海岸線を、湯河原に向って走る。沖の初島のホテルにも、明りがついている。

熱海の町の明りが遠くなり、代って、夜の暗い海が、広がっていく。

「奥湯河原で、待ち合せですか？」

と、運転手が、きいた。

「どうして？」

「熱海のホテルから、わざわざ、隣りの湯河原へ行くといやあ、向うに可愛い娘《こ》を待たせていると、誰でも思いますよ。おまけに、奥湯河原だ」
三十五、六の運転手は、おしゃべりだった。
男は、窓の外に眼をやりながら、

「そうか。湯河原で待ち合せか」

「有名タレントや政治家はよく、湯河原をお忍びに使うんですよ。この前も、有名タレントのNを、奥湯河原まで乗せましたよ。ありゃきっと、噂《うわさ》の女性アナウンサーと、湯河原で会うんだと思ったね」

「――――」

「そのNが、泊まったのも奥湯河原の青山荘なんですよ」

「――――」

「お客さんも、向うにいい娘を待たせてるんでしょう?」

「くどいな」

「え?」

「少し、黙っていろよ。それ以上喋《しゃべ》ると殺すぞ」

男は、また暗い眼になった。それをバックミラーで見て、運転手は怯《おび》えたように、黙ってしまった。

タクシーは、「湯河原温泉」の大きな看板を見ながら、左に折れ、川沿いの道を奥湯河原に向って、走る。

湯河原は、熱海に比べると、明りも少なく、静かだった。

有名人の隠れ家といわれるのは、そのためかも知れない。

川沿いの道を、十五、六分も走ると、「奥湯河原」の標識が見えて、道は、急な登りになる。

川も急流になり、滝が現れたりする。温度も一、二度、下った感じだった。

坂道の両側に、いかにも隠れ家といった感じの旅館が並んでいる。

タクシーはその一軒の前に止まった。

青山荘・創業百五十年と書かれている。

男は、タクシーを帰すと、旅館の玄関に入って行った。

4

女将《おかみ》が仲居と出て来たが、男を見て、顔色が変った。

それでも、引き攣《つ》ったような笑いを浮かべて、

「いらっしゃいませ」

と、頭を下げる。

「今夜、泊まりたいんだが、いいかな？」

男は、微笑して見せた。

「どうぞ。桐《きり》の間があいていますから。ご案内して」

と、女将は若い仲居にいった。

渡り廊下の奥が桐の間だった。

男は、籐椅子《とういす》に腰を下すと、仲居に向って、

「あとで、酒を持って来てくれ。それと煙草が欲しい」

と、いった。

「煙草は、何にしますか？」

若い仲居がきく。

「決まっているじゃないか」

と、いってから男は苦笑して、

「君は、新しい仲居さんだな」

「一年前から働いています」

「ケントだ。ケントの白を頼む」

と、男は、いった。

「ケントの白ですね」

「今から、芸者を呼べるかね？」

「電話して、聞いてみますけど」

「雪乃《ゆきの》という芸者がいい」

仲居は、いったん、退《さが》ってから、酒と煙草を持って来た。

「雪乃さんは、六年前に、やめたそうです」

と、男に、いった。

「六年前か」

「他の芸者さんなら、今からでも、呼べるそうですけど」

「一人呼んでくれ。誰でもいい」

と、男は、いった。

そのあと、杯《さかずき》を口に運ぶピッチが急に早くなった。

若い芸者が来た時、テーブルの上には、かなりの空徳利が並んでいた。

「だいぶ、召しあがってるんですねぇ」

と、芸者は笑い、男のくわえている煙草に火をつけた。

「雪乃さんが、ごひいきだったんですってね」

「彼女を知ってるのか？」

「会ったことはないんですよ、名前だけ知ってるんです」

「彼女、今何してるんだ？」

「亡くなりましたよ。ご存知ないんですか？」

「いつだ？」

「芸者をやめて、すぐだったと聞いてますよ。まだ、若いのに、どうしたんだろうって、みんな不思議がったと聞いてます。写真を見ましたけど、きれいな人ですね。あたし、雪乃さんと同じ置屋なんです」

「君の名前は？」

「小雪です」

「雪乃は、何の病気で死んだんだ？」

「――――」

「どうしたんだ？」

「本当に、何も知らないんですか？」

「ここに来るのは、久しぶりだからな」

「雪乃さんですけどね」

と、芸者は、内緒話でもするように、声をひそめて、いった。

「芸者をやめてから、駅前で、小さな飲み屋をやってたんですって。でも、うまくいかなかったんでしょうね。店で睡眠薬を飲んで、自殺したって、聞いています。新聞にも、のったそうですよ」

そのあと、小雪は、この不景気で、お茶をひくことが多くなったとか、置屋のおかあさんが、百万円で買った権利に、全く値がつかなくなって、愚痴をこぼしているとか、最近は、コンパニオンの方が人気があるので、洋服を着てコンパニオンとして、行くこともあるといったことを、ベラベラと喋った。

男は、聞いているのかいないのか、柱に背をもたせかけて、眼を閉じていた。

それを、退屈なのかと思ったのか、小雪は、

「ごめんなさい。つまらない話ばかりして。お酒が無くなったから、頼みましょうか？」

と、声をかけた。

「酒はもういい」

と、男はいって急に立ち上った。

「風呂に入る。君も一緒に入るか？」

「入りたいけど、あたし、着付けが出来ないから」

「そうか」

と、男は、いった。小雪は笑って、

「ぐじゃぐじゃになってもいいわ。一緒に入る」

急に、はしゃいだ声を出した。

5

帳場の時計は、十一時を過ぎていた。

「小雪さん、まだ帰ってないみたいね」

女将が、仲居にきいた。

「今、追加のお酒を運んでいったら、小雪さんも、ゆかたになってました。お客さんと露天に入ったみたいですよ」

若い仲居は、ニッと笑った。

「小雪さん、泊まるつもりかしら？」

「かも知れませんよ」

仲居が、したり顔でいった時、帳場の電話が鳴った。

女将は手で、仲居に、向うへ行けといってから、受話器を取った。

「ええ。うちへ来てしばらく、泊まるみたい。今、芸者を呼んで、仲良くお酒を呑《の》んでますよ」

と、女将はいった。

「芸者を呼んでるのか」

男の声が、いう。

「最初は、雪乃を呼んでくれといったんですけど、六年前にやめたといったら、同じ置屋の小雪を呼んでます」

「雪乃が自殺したことは知らないのか」

「小雪が、教えたと思いますけどね。そちらでは何かあったんですか？」

「うちのレストランへ来て、食事をしていった」

と、相手はいった。

「それだけなんですか？」

「レストランでは、昔の料理を出せと嫌みをいったらしい」

「ホテルの名前が変ったことは、どう思ったんでしょうね？」

と、女将はきいた。

「さあ。どう思ったかな。とにかく明日、みんなで会って、相談したい。あんたも来てくれるだろうね」

「そりゃあ、行きますけど――」

「責任は、みんなにあるんだから、必ず、来てくれないと困るんだよ」

「本田さんや、沢口さんたちも、来るんでしょうね？」

「電話して、必ず集まるように、いってある」

と、相手はいった。

電話を切ったあと、女将は、落ち着けなくて、自分の部屋に入ると、ブランデーを取り出して、呑んだ。

いつもなら、心地よく酔って、眠れるのだが、今夜は、いっこうに、酔えなかった。

（何で、今頃になって――）

と、思う。

あの男は、忘れようとしていて、忘れかけていたのだ。

それなのに、なぜ、今頃になって、現われたのだろう？

昨日まで、全てがうまくいっていたのだ。この不景気の中で、この青山荘は、テレビで取り上げられたせいもあってか、経営はうまくいっていた。大型の旅館を目指さずに、落ち着いた、人生の隠れ家的な雰囲気を目標にしたことで成功したと思う。

それが、突然、あの男が現われて、頭上を、暗い雲が、蔽《おお》ってしまったような気がしているのだ。

午前零時過ぎになって、小雪が、ゆかたの上に、丹前という恰好《かっこう》で現われ、

「すいません。ゆかたと丹前は、あとで返しに来ますから、置屋のかあさんには、黙っていて下さい」

と、女将にいった。

女将は、黙って見送った。

6

翌日は、小雨《こさめ》だった。そのせいか、急に秋が深くなった感じがした。

その雨の中を、青山荘の女将の高橋君子は、自分で車を運転して熱海に向った。

ホテル・サンライズの社長室には、三人の男と一人の女が先に来ていた。

サンライズのオーナーの岡崎は、君子の顔を見るなり、

「奴はどうしているね？」

と、きいた。

「仲居を見にやったんですけどね。二日酔いで寝ていて、朝食は、いらないと、いったそうです」

と、君子はいった。

「二日酔いか」

「十二時過ぎまで、芸者と呑んでいましたからね」

「それで、少しほっとしたよ」

と、本田がいった。

本田は、熱海市の市会議員で、観光協会の役員もやっていた。

間もなく還暦を迎えるが、議員も、役員もやめる気は、さらさらなかった。

「奴は、なぜ、今頃になって、やって来たのかね？」

沢口が舌打ちをした。

沢口は、弁護士で熱海市内に、法律事務所を持っていた。

「先生に、文句をいいに来たんじゃないですか？」

と、塚本ゆかりが、皮肉な眼つきで、沢口を見た。

ゆかりは、集った五人の中では、一番若かった。と、いっても、もう三十七歳だが。

ゆかりは男好きのする顔で、以前、岡崎の女だったことがあった。

今は、湯河原に移ってマンション暮らしだが、横浜に本店のある消費者金融の会長の女になっていた。

そのくせ取引銀行の若い行員とも遊んでいるという噂《うわさ》があった。

そんなゆかりに、皮肉られて、沢口は眉《まゆ》を寄せ、

「私は、奴に感謝されこそすれ、文句を言われる筋合いは全くない！」

と、強い調子でいった。

「彼が何の目的で突然、やって来たのか、それがわからないと、落ち着かなくて」

と、君子はいった。

「私も同じだよ」

と、岡崎も肯《うなず》いた。

「奴が刑務所《むしょ》を出たのは今年の四月末の筈だ。私たちに文句があるのなら、その時、

すぐ、やって来たんじゃないのかな？」

　と本田が、いった。

「沢口さんなら、その理由がわかるんじゃないんですか？」

と、君子は弁護士の顔を見た。

「出所してから、五ケ月か」

と、沢口は、呟いてから、

「普通は、郷里に帰るものだがね」

「奴の郷里は、何処《どこ》だったかな？」

岡崎が、きいた。

「私の知る限り、彼は熊本の生れだが、もう、そこには、肉親も、親戚《しんせき》も住んでいない筈だ。天涯《てんがい》孤独だと、いっていた。一番長く住んでいたのが、湯河原だから、湯河原が、彼の故郷なのかも知れないな」

「あそこは湯河原じゃありませんよ」

と、君子が、いった。

「そうだった。彼の住んでいたマンションは熱海市だった」

沢口が、笑って、訂正した。

「そうですよ、川の向うは、熱海なんですから」

君子は、むきになって、いった。

熱海市と、湯河原町の境は、川が流れている。

藤木《ふじき》川という小さな川だが、川の西側は、熱海市である。

ただ、熱海側には山が迫っていて、熱海の市街とは切り離れた感じで、湯河原町に、よく間違われる。

問題の男はその熱海側のマンションに住んでいた。

「しかし、あのマンションの奴の部屋には、他の人間が入ってしまってるから、戻るわけにもいかんだろう」

と、岡崎が、いった。

「それなら、何しに、帰って来たんでしょう？」

と、君子は、青い顔になって、

「あたし、怖いんですよ」

「熱海駅近くのそば屋の主人も、突然、奴が店に現われたので、びびってしまったといっていた」

と、岡崎は、いった。

「あの事件がなくても、彼は、ちょっと怖かったわ。そこが、魅力でもあったんだけど」

ゆかりが、笑いながら、いった。

「女から見ると、あんな人殺しの何処が、魅力的なのかね」

本田が、いった。

「私は、別に、魅力なんか感じませんよ」

と、君子が、いった。

「それは、女将さんが、もうお年齢《とし》だからじゃないかしら」

ゆかりが、からかい気味にいう。

「止めなさい」

と、本田は叱《しか》りつけるように、いった。

「問題は、あの男を、どうしたらいいかということだよ。それも考えなければならないんだ。弁護士の沢口さんに何かいい知慧《ちえ》はないかな?」

「そういわれてもね。今のところ、彼は、何も法律に触れることはしていないんだ。ホテルのレストランで、ちょっと嫌味をいったとしても、料金は、ちゃんと払っているし、湯河原の青山荘では、芸者も呼んで、ドンチャン騒ぎをしたらしいが、これも、法律に触れるわけじゃない」

「熱海のそば屋では、代金を払っていない」

と、岡崎がいった。

「しかし、店主が、代金はいりませんといったと聞いたよ」

「それは、そうなんだが」

「じゃあ、駄目だ」

と、沢口はいったあとで、

「ここは、何もせずに、見張るのが、一番だと思うね。下手《へた》に動いたら、奴に、どんないんねんをつけられるかわからんからね」

「お金は、持っているのかしら？」

と、君子が、いった。

「わからないが、なぜだ？」

本田が、きく。

「お金がなければ、うちにも、いつまでも泊まっていられなくて、逃げ出すんじゃないかと思うんですけどね」

と、君子はいった。

7

男は、昼近くになって、床から、起き上った。

温泉に入ったあと、身支度をして、傘をかりて外出した。

藤木川にかかる橋をわたる。

そのあと、坂道を登ったところに、マンションが、あった。

ここは、熱海市なのだが、なぜか、エレファントレジデンス湯河原館という名前だった。

誰が見ても、ここは湯河原で、背後の山を越えたところが、熱海と思うからだろう。

男は、マンションの玄関に立って、少しの間、ためらってから、1201のナンバーを押した。

「どなた？」

という若い女の声が聞こえた。

「実は、前に、その部屋に住んでいたんだが、見せて貰《もら》えませんかね？」

と、男は、いった。

女は返事をしない。相手が、切ってしまったのかと、男は思ったが、しばらくして、

「どうぞ」

と、いう女の声がして、玄関のガラス扉が、開いた。

男は、ロビーを抜け、エレベーターに乗った。

十二階でおりる。

一番端の1201号室のインターホンを鳴らした。

ドアが開いて、二十七、八歳の女が、顔を出した。

「おれは――」

と、男が、名前をいおうとすると、女は、笑って、

「小早川《こばやかわ》さんでしょう」

「どうして、知ってる？」

「ここに前にどんな人が住んでいたか、管理人さんに聞いていますから」

と、女は、いった。

「おれは、ベランダを見たいんだが、いいかな？」

「どうぞ」

男は、2LDKの部屋を抜けて、ベランダに出た。

角部屋なので、ベランダは、広い。それが気に入って、昔、この部屋を借りたのだ。

雨があがって、陽が射《さ》してきていた。

マンションが、山を背にして湯河原の町を向いて建てられているので、ベランダから、湯河原の温泉街が、一望できた。

男が、今、泊まっている青山荘もよく見える。

男は、煙草に火をつけて、女を見た。

「不思議だな」

と、男は、いった。

「何がかしら？」

「おれは、殺人犯で、五ケ月前に出所したばかりだ」

「知っています」

「怖くないのか？」

「怖いといえば、怖いわ」

と、女は、いった。

「それなのになぜ、部屋に通したんだ？」

「なぜでしょう？」

と、女は、笑った。

「妙な女だな」

「ここで、何を見ていらっしゃったんです？」

と、女が、きいた。

「湯河原の町を見ていた」

と、男は、いった。

「変りました？」

「熱海はずいぶん変ったが、湯河原は、あまり、変っていないな。時間差があるみたいだ」

と、男は、いった。

「時間差ですか」

「湯河原の方が、熱海より、ゆっくり時間が、動いているんじゃないかと思ってね」

「――――」

「しかし、刑務所《むしょ》の中じゃ、時間は、もっと、ゆっくりだった。まるで、止まってるようだった」

男の眼が、また、暗くなった。

「コーヒーをいれますわ」

と、女が、はぐらかすように、いった。

部屋に戻るや、女は、本格的にコーヒーをいれ始めた。

「ミルクと、砂糖は、自分で入れて下さい」

男は、ソファに腰を下して、不思議そうに、女を見て、

「君は、何をやってる人なんだ？」

と、きいた。

女は、名刺を取り出して、男の前に置いた。

男は、その名刺を手に取って、

「近代ウイークリイ。立花亜矢。マスコミの人間か」

「ええ。今日は、お休みです」

「おれのことを記事にしたいのか？」

「いいえ。事件は、もう、とっくに、終ってるんでしょう？　記事にしても仕方がないわ」

と、女は、いった。

「はっきりしてるんだな」

「この世界じゃ、スクープでないものには、何の価値もないんです」

「おれのやった事件はもう特ダネでも、何でもないというわけか」

「ええ。ただ、あなたには興味がありますけど」

と、女は、いった。

「おれに？」

男は、笑った。

「ええ」

「おれの何処かに、魅力があるかな？」

「あなたの眼」

と、女は、いった。

「ふーん」

男は、鼻を鳴らした。

「いい眼をしているわ」

「嬉《うれ》しいね」

男は、微笑した。が、急に手を小さく横に振って、

「怖いな」

「どうしたんです？」

女が、首をかしげて、きく。

「昔、同じことを、女にいわれたことがある」

と、彼は、いった。

「それは、その女《ひと》も、今の私と同じ気持だったんだわ」

「だが、いい気になって、結局、ひどい目にあった」

と、男は、いった。

「その女《ひと》に欺《だま》されたんですか？」

「その話は止めだ」

と、男は、いった。

第二章　死んだ女の詩

1

熱海は、変ろうとしている。いや、変らざるを得なくなっている。

戦後すぐの頃、熱海は新婚旅行のあこがれだった。

それが、南紀白浜《なんきしらはま》、九州の別府《べっぷ》と遠くなっていき、今や、新婚旅行先は海外が主流になってしまった。

熱海市としては、そうした時代の変り方の中で、何とか発展を図ろうとして、努力してきた。しかし、ここ数年の不景気で、熱海も大きな痛手を受けた。

メインストリートの海岸通りで、いくつかのホテルが倒産に追い込まれた。

年々、足を運ぶ観光客の数が減っていった。熱海市として、手をこまねいていたわけではない。必死に、手を打ってきた。若者にも魅力的な温泉街にしようとして、海岸にプロムナードを造った。きれいどころの芸者衆の稽古《けいこ》を公開した。そして、カジノを熱海に誘致しようという声もある。

海岸通りのホテル・アタミも、五年前に、倒産した。それが、去年の二月に、大手のファストフード店が買い取り、改造して先月オープンした。

名前もホテル・イーストになった。イーストというのは、新しいオーナーが全国に展開するファストフードの店名と同じだった。

その一階に、貸ホールなどの相談窓口がある。

男がそこへやって来た。

女性の営業課員が応対した。

「七階の孔雀《くじゃく》の間を、十月二十日に、一日、借りたい」

と男はいった。

「ご利用の目的は何でしょうか？」

「六年前に亡くなった女を偲《しの》んで、友人、知人が、集まろうと思ってね。酒の好きな女だったので、みんなで、一杯呑もうというわけだよ」

「何人くらい、集まるご予定なんでしょうか？」

「知り合いは三、四十人くらいだと思っている」

「それなら鷺《さぎ》の間がいいでしょう。五十人くらいまで大丈夫ですから」

「それでいい」

「どんな形式がよろしいですか？」

「立食パーティの形がいいな。招待状なんかも、こちらで印刷してくれるわけかね？」

「全部、引き受けさせて頂きます」

「じゃあ、これを印刷して、リストにのっている人間に送って貰いたい」

と、男はいって紙を渡した。

〈雪乃を偲ぶ会のお知らせ
六年前、突然亡くなった雪乃こと渡辺みゆきの生前を偲んで、彼女の好きな酒を呑んで、お喋りを楽しみたいと思います。ふるってご参加下さい。
日時　十月二十日午後六時
場所　ホテル・イースト（熱海市）鷺の間
会費　不要

主催者　小早川恵太〉

「それから、鷺の間に飾る写真だが、この小さなものしかなくてね。こちらで大きく引き伸ばして欲しいんだ」

男は、名刺大の写真を取り出した。

「料理は一人前一万円としますと、三十人で三十万円。それに鷺の間の使用料、ビール、ウイスキー、手土産《てみやげ》などの費用として、百五十万円、それから、招待状の印刷、発送などを入れますと、二百四十万円になります」

「安いな」

と、男はいい、内ポケットから、部厚い札束を取り出した。

担当の女性は、事務的に札を数えてから、

「領収証の宛名《あてな》は小早川様でよろしいんですか？」

「それでいい。間に合うように頼むよ」

男は、領収証を受け取ると、ホテルのロビーを出て行った。

海岸通りを渡り駐車場にとめておいたレンタカーに乗り込んだ。

シルバーメタリックの日産シーマである。

運転席に腰を下したが、すぐには車を出さず、煙草に火をつけた。

2

しばらくしてから、男は、煙草をくわえた恰好《かっこう》で、車をスタートさせた。

来宮《きのみや》駅の前を通り抜け、熱海梅林《ばいりん》の横の登り道をあがって行った。

大きなS字カーブを走る。左手の山間《やまあい》に点々と別荘が見えてくる。

伊豆箱根鉄道がやっている西熱海別荘地である。

男は、更に、アクセルを踏みつけて、熱海峠に向って、車を走らせていった。

時々、車がすれ違う。けたたましい爆音を立てて、バイクのグループが、追い抜いていく。

男の顔に苦笑が浮かぶ。昔なら、むきになって、抜き返すのだが、今は、連中とレースをやる気もないし、時間もない。

十国峠《じっこく》入口を抜け、箱根峠に向う。

抜けるような秋晴れの空が、頭上に広がっていた。ところどころで、紅葉も始まっている。

その陽光の中を男は、ゆっくり車を走らせた。

箱根峠は風が強かったが、広い駐車場は、数多くの車や、バイクが、集っていた。

男は、車をおりて、駐車場の奥にある、みやげもの店とレストランを兼ねた建物の中に入って行った。

窓際に腰を下して、コーヒーを注文する。

昔、男は、よくこの箱根峠へ来た。

熱海側からも、湯河原側からも、車を飛ばして、やって来るには、丁度、いい場所なのだ。

晴れていると、富士がよく見える。男は、ここから富士を見るのも好きだった。

男は、コーヒーを飲みながら、駐車場に眼をやった。自分の車の傍に二十歳くらいの男がいるのに気がついた。

赤っぽいバンダナを頭に巻いた男だった。

しきりに、男の車の中をのぞき込んでいる。

男は、ゆっくり立ち上ると、建物を大きく廻って、背後から、自分の車に近寄ると、上衣のポケットから拳銃を取り出した。

車をのぞき込んでいる若者の後頭部に銃口を突きつけた。

「動くと、射つよ」

と、男は、冷静な口調で、いった。

若者の身体が、一瞬硬直する。

男は、車のドアを開け、

「乗れよ」

男は、若者を助手席に押し込むと、自分は運転席に腰を下した。

「さて、何から聞くかな」

男は、拳銃を、弄《もてあそ》びながら、若者にいった。

「それ、ニセモノなんだろう？　モデルガンなんだろう？」

若者が、きく。

男は笑った。

「どうかな？　おれにもわからないんだ。知り合いのヤクザから二十万円で買ったものので、実は、まだ一発も撃ってない。中国製のトカレフだといったが、本モノかどうか。引金を引けばわかる。やってみるか？」

「変なことは止めろよ！」

「ニセモノかどうか知りたいんだろう？」

男の顔から、笑いが消えた。

それを見て若者の眼が怯えた。

「おれは何もしてないよ。ただ好きな車だから、のぞいていただけだ」

「お前さんは、十国峠あたりから、バイクでおれを追っかけていた。そのバンダナに見覚えがある」

と、男はいった。

「偶然だよ。おれも、十国峠から、ここへ来たかっただけだ」

「偶然か」

男は、呟いてから、いきなり拳銃で、若者の鼻っ柱を殴りつけた。

その一撃で、鼻が折れ曲り、どっと、鼻血が吹き出した。

若者は咳込《せきこ》み、むせた。眼から涙がこぼれた。

「もう一度、聞くぞ。なぜ、おれを追《つ》けた？」

「おれは、何も知らないんだ」

「知らないか」

今度は、拳銃で、若者の下腹を殴りつけた。

呻き声をあげ、また若者がむせた。

「三回目は引金を引くぞ。なぜ、おれを追《つ》けた?」

男は銃口を、若者の心臓のあたりに突きつけて、きいた。

「―――」

「聞こえないな」

「頼まれたんだ」

「誰に? 何を?」

「あんたが、何を企《たく》んでいるか、調べろと頼まれた。金をくれた」

「誰にだ?」

「わからないよ。あんたくらいの中年の男だ」

「いつ、何処で、頼まれたんだ?」

「今日、熱海の海岸のプロムナードで休んでいたら、今いった男が話しかけてきたんだ。通りの向うのホテルから、男が出て来たら尾行しろって十万円くれた」

「ホテル・イーストか」

「ああ。そこからあんたが出て来たんで、おれは、いわれた通り、追《つ》けた。あんたが、何処に行くか、誰と会うか、今日は何処に泊まるか、そんなことを知らせたら、更に、十万円くれる約束になってるんだ」

「何処の誰に知らせる？」

「向うから、おれの携帯に電話してくる」

と、若者はいった。

「多分、もう、かかって来ないだろうね」

と、男はいった。

「降りろ」

と、男は助手席のドアを片手で開けた。

若者が鼻をおさえながら転がり出た。その瞬間、男は車をスタートさせた。

男はバックミラーに眼を光らせた。

駐車場と若者の姿が遠ざかっていく。

若者に誰かが近寄るか、見たかったのだが、それが、わからないうちに、バックミラーから消えてしまった。

3

男は、車を湯河原パークウェイに入れた。S字カーブの急坂がいっきに湯河原温泉に導く道路である。

道路が凍結したときの事故防止用に急カーブのところどころに、待避壕《ごう》が設けられている。万一の時は、そこに突っ込めということらしい。

奥湯河原の温泉街に入った時、背後に、パトカーのサイレンが聞こえた。

「シルバーメタリックの日産シーマ。左に寄って、停車しなさい！」

マイクが、後方から呼びかけてくる。

男は、バックミラーの中のパトカーを見ながら、車を片側に寄せて止めた。

パトカーから、二人の警官が降りてきた。

一人が、運転席の傍へ寄ってくる間、もう一人は、少し離れて、腰の拳銃に手を置いている。

（用心深いな）

と、思いながら、男は、窓を開けた。

「免許証を見せて下さい」

と、四十歳くらいの警官は、いった。

「何事です？」

「一一〇番通報がありましてね。あなたが、拳銃を振り廻しているのを見たというのです。あなたにその拳銃で脅かされたという男もいるのです。その事実を確かめに来たのです。車内を見させて頂きますよ」

と、警官は、いう。

男は、笑って、

「この拳銃のことですか?」

と、グローブボックスから、拳銃を取り出して、相手に見せた。

「精巧に出来てますが、エア・ガンですよ」

男は、それを警官に差し出した。

警官は、弾倉を抜いて見た。なるほど中には、プラスチックの弾丸が詰っている。

だが、警官は、厳しい顔で、

「これで、若い男を脅かしませんでしたか? その若者はあなたに、この拳銃で、顔を殴られて、血が流れたと、いってるんですがね」

「おかしいな。脅したということは、金でも要求したんですか? その若者は金をせびられたとでも、いってるんですか? 顔を殴られて、血を流したといってるようですが、それならそのエア・ガンに血がついている筈ですね。ついていますか?」

男は、警官にきいた。

警官は、「金のことは何もいっていませんでしたがねえ」と、いいながら自分の指をなめ、エア・ガンの銃身をこすってみた。だが、血は付着しなかった。

「そのエア・ガンをお持ちになっても構いませんよ。しっかりと、科研にでも持って行って、調べて下さい」

と、男は笑いながらいった。

警官は小さく首を振りながら、エア・ガンを男に返して寄越した。

男は戻って行くパトカーに、手を振ってから、自分の車をスタートさせた。が、五、六分走らせてから、車を止め、傍を流れる藤木川に向って、エア・ガンを投げ捨てた。

そのあと、男は、泊まっている青山荘に帰った。

4

この日から、十月二十日までの二週間足らず、男は、毎日朝食をすませると、青山荘を出て、夕食に間に合うように帰って来た。

レンタカーを走らせるのだが、何処へ行くとも、旅館にはいわなかった。

ただ、気ままに、熱海と湯河原の二つの温泉街を走り廻っているようにも見えたが、誰かに向って示威《じい》運動をしているようにも見えた。

時々、夜、芸者の小雪を呼んで呑むこともあった。

そして、十月二十日になった。

男は、午後五時に今日は夕食は要らないといって、青山荘を出て、車で熱海に向った。

六時十分前に、ホテル・イーストに着いた。

三階の鷺の間は、さして広くないパーティ会場である。

すでに円テーブルが置かれ料理も並べられていた。

正面には、引き伸ばした雪乃こと渡辺みゆきの写真が置かれ、男の頼んだ白いユリの花で飾られていた。

ホテルのボーイ二人と、三人のコンパニオンが、酒の準備を始めた。

六時になった。

が、誰も現われない。

男は、テーブルの一つに腰を下し、煙草をくわえて、雪乃の写真を見つめていた。

六時二十分。

いぜんとして、一人も来ない。

ボーイの一人が、恐る恐る男に近寄って来た。乾杯のシャンパンはどうしましょう?

「もう少し待ってくれ」

と、男はいい、煙草に火をつけた。

六時三十分。

やっと、一人現われた。

和服姿の小雪だった。彼女は、男の傍に来て腰を下すと、

「まだ、誰も来ないんですか?」

「ああ、来ないな」

男は、笑って見せた。

「ひどいわ」

「ひどいな」

コンパニオンの一人が、シャンパンを運んできた。

「二人で、雪乃のために献杯しよう」

と、男はいった。

「献杯!」

と、小雪がいった。

六時五十分。

二人目の客が現われたが、それはカメラを持った『近代ウイークリイ』の立花亜矢だった。

彼女は、がらんとしたホールを見廻して、

「これ、どうなってるんですか？」

と、男に、きいた。

「六年前に亡くなった女を偲んでいるんだ」

と、男はいった。

「たった二人で？」

「君を入れて三人だ」

と、男はいった。

コンパニオンが、立花亜矢にシャンパンを持ってきた。

「献杯しよう」

男がいうと、亜矢は、反射的にグラスを持ち上げたが、

「私は、取材に来たんですよ」

「何の取材？」

「何年も前に自殺した芸者さんのために、偲ぶ会をやろうという奇特な人がいるって聞いて、どんな人かなという興味があって、来てみたんです。そしたら、あなただったし、二人しか来ていなくて」

「この女《ひと》は、妹分の小雪ちゃんだ」

と、男は、亜矢に紹介した。

「小雪です。新聞記者さんですか？」

「私は、雑誌の記者」

と、亜矢はいってから、男に向って、

「亡くなった芸者さんのパトロンだったんですか？　芸者さんの場合は、旦那《だんな》というんでしたかしら？」

「おれは、ただの客だよ」

「そのお客が、どうして、こんな会をやるんです？　お金かかったでしょう？」

「たいして、かかっていないよ」

「好きだったんですか？　雪乃さんという芸者さんが」

「嫌いじゃなかったよ」

と、男が、いった時、ボーイが、電報を持ってきた。

「偲ぶ会へ、十五通、電報が来ています」

と、ボーイは、それを男の前に置いた。

「十五通か」

男が、呟く。

「電報を寄越すんなら、ちょっとでも、顔を出してくれればいいのに」

と、小雪が、いった。

「拝見していいかしら？」

亜矢が、電報の一通を取りあげ、声に出して、読んだ。

「雪乃さんは美しく、愛嬌《あいきょう》があり、いかにも、芸者さんらしい芸者さんでした。ぜひ、参加したかったのですが、公務に追われて、時間が取れず、申しわけありません
熱海市市会議員　本田英一郎」

そのあとで、

「雪乃さんって、湯河原の芸者さんだったんでしょう？　なぜ、熱海の議員さんが、こんな電報を寄越したんです？」

と、きいた。

「雪乃姉さんは、人気があって、熱海に泊まったお客さんからも、呼ばれることがあったんですよ」

と、小雪が、いった。

「それで、ごたごたは起きなかったんですか？」

「熱海の芸者さんに、湯河原に来て貰うこともあるんです」

「そういえば、熱海で、調査したら、湯河原との合併を望む声が一番多かったって、昨日の夕刊に出ていたけど」

七時二十分。

誰も来ない。

ボーイ二人は手持ぶさたな顔をしているし、三人のコンパニオンは、部屋の隅で、小声でお喋りをしている。

男は、十五通の電報を丸めて、ポケットに押し込むと、ボーイたちのところに歩いて行った。

「もう誰も来ないと思うから、引き揚げていいよ」

と、男は声をかけた。

「料理とお酒はどうします？」

「代金は払ってある。あとで、適当に処分してくれればいい」

と、男は、いった。

「では、申しわけありませんが」

と、ボーイたちは、軽く頭を下げて、部屋を出て行った。

男は、次に三人のコンパニオンの傍へ行き、同じことを、いった。

コンパニオンの一人が、

「私たち、八時までの約束で来てるんですけど」

「わかってる。八時までの花代は払うよ」

男は、財布を取り出した。

「すいません」

コンパニオンたちは、礼をいって帰って行った。

5

七時四十分。

「君たちも、もう帰ったらどうだ？」

男は、小雪と、立花亜矢に向って、いった。

「小早川さんは、どうするんです？」

と、小雪が、きいた。

「一応、八時まで、ここを借りているから、八時までいる」

と、男は、いってから、

「置屋のおかあさんには内緒で来たんだろう？」

「いうと反対されるから」

と、小雪は、いった。

「じゃあ、おれが呼んだことにしよう。花代とタクシー代だ」

と、男は、無造作に、金を、小雪に渡した。

七時五十五分。

「君は、帰らないのか？」

男は、一人残った亜矢に、声をかけた。

「八時になったら、帰ります」

「取材が出来なくて、残念だったな」

「あなたにも興味があるけど、この雪乃さんという芸者さんにも興味があるわ」

亜矢は、写真のところまで、歩いて行って、見上げた。

「ほんとに、きれいな人だわ」

「それに、勇気がある」

「え？」

「そろそろ、八時だ」

と、男が、いった。

突然、どすんと、大きな音がして、ドアが押し開けられ、男が一人、転がり込んできた。

そのまま、床に倒れて、動かなくなった。

「どうしたんです？」

亜矢が、振り向いて、声をあげた。

男は、倒れている人間の傍に近寄ると、じっと、見下した。

「どうしたの？」

と、また、亜矢が、きいた。

倒れて動かない男の背広に穴が開き、そこから、血が、滲《にじ》み出ていた。

男は、屈《かが》み込み、冷静な表情で、のどに、手を当てた。

男が、鷺の間で、フロントが出るから、9番を押すと、きいた。亜矢が、青ざめた顔で、「どうしたの？」

「部屋の隅に内線電話がある。9番を押すと、フロントが出るから、男が死んだと伝えてくれ」

と、男は、亜矢に、いった。

「死んだの？」

「かすかに息があるが、間違いなく、死ぬな」

「それでも、救急車を、呼ばなきゃあ」

と、亜矢は、いった。

まず、ホテルのフロント係が、部屋に飛び込んで来た。

続いて、救急車が駆けつけ、最後にパトカーが、到着した。

男のいった通り、二人の救急隊員が着いた時、すでに、魂切《こと》れていた。

パトカーで駆けつけた警官二人は、死体の傍に、屈み込み、

「問題は、死因だな。背後から、鋭利な刃物で刺されたか――」

「銃で射たれたんだ」

と、男が、横から、いった。

二人の警官は立ち上ると、じろりと、男を睨んだ。

「何だって？」

と、一人が、きいた。

「銃で射たれたんだ。多分、二十二口径の拳銃だ」

男が、いった。

「どうしてわかる？」

もう一人の警官が、軽い反撥《はんぱつ》を見せてきいた。

「勘かな」

と、男は、いった。

「何者だ？　あんたは」

警官の一人がきくと、フロント係が、

「この方は、六時から、この鷺の間で、パーティを開いていたお客様です」

と、いった。

「じゃあ、あんたは、この仏《ほとけ》さんを、知っているのか？」

警官は、男に、きいた。

「いや。全く知らない人間だ。八時でパーティをお開きにするつもりだったが、その寸前、突然、この仏さんが、飛び込んで来て、パタリと倒れて、動かなくなったんだ」

「あんたが、殺したんじゃないのか？」

「おれが？」

男が、笑った。

「何が、おかしい？」

「おれには、この仏さんは殺せないんだよ」

「証拠があるのか？」

「私が、証人です」

と、亜矢が、いった。

「あんたは？」

「近代ウイークリイの記者です」

「ブンヤさんか」

「いいえ、週刊誌の記者です」

「似たようなものだ。あんたが、どういう証人なんだ？」

「亡くなった芸者さんを偲ぶ会をやるというので、面白いなと思って、取材に来たんです。午後八時に終るというので、もうじき、お開きだなと思ったら、突然、その男の人が、飛び込んできて、ばったり倒れたんですよ。主催者と、私は、あの写真を見ていたんです。だから、殺せませんよ」

「あんたと、主催者とは、どんな関係なんだ？」

警官の一人が、きいた。

「何の関係もありませんよ。どんな人が、芸者さんを偲ぶ会をやっているのかわからずに、取材に来たんですから」

「おい」

と、もう一人の警官が、同僚に声をかけた。

「とにかく、本部に連絡しよう」
三十五、六分して、静岡県警から、刑事たちと、鑑識が、どっと、押しかけてきた。
土屋という三十代の若手の警部が、リーダーだった。

いかにも、エリートといった感じの警部で、早口で、部下の刑事たちに、指示を与えていった。

検死官が、死体を、念入りに調べてから、土屋に報告した。

「多分、至近距離から、犯人は、小さな口径の拳銃で射ったんだと思うね。二十二口径じゃないかな」

と、検死官は、いった。

それを耳にして、亜矢は、思わず、小早川を見た。その小早川は、腕を組んで、じっと死体を見つめていた。

「それで、弾丸《たま》が貫通していないのか」

土屋が、いった。仰向けにされた死体は、確かに、弾丸が、貫通した痕《あと》はなかった。

「口径の小さな拳銃が、使われたのは仏さんが太っていたせいもあると思うね」

と、検死官が、いった。

刑事の一人が、死体のポケットから運転免許証を取り出して、土屋に渡した。

〈神奈川県湯河原町土肥《どい》
古木正道〉

年齢は、四十八歳。

「湯河原の人間か」

と、土屋は、呟いてから、

「湯河原の人間が、なぜ、熱海のホテルで殺されているんだ？」

と、声に出した。

「車なら、十五、六分の距離ですから」

運転免許証を渡した青木刑事が、したり顔で、いった。

「そんなことを、いってるんじゃない」

と、土屋は、年上の刑事を、叱りつけた。

「ホテル、旅館なら、湯河原にだって、いくらでもあるだろう。何のために、このホテルに来たのか、それを調べてくれ。聞き込みだ。柳刑事、君は新井刑事と、すぐ、湯河原へ行き、この男のことを調べてくるんだ」

そのあと、土屋は、亜矢と小早川に眼を向けた。

「君たちは、本当に、この男を知らないのか？」

と、きいた。

亜矢は、黙って、首を横にふり、小早川は、

「知らないな」

「君は、この偲ぶ会の主催者だな？」

「そうだよ」

「亡くなった芸者の偲ぶ会をやるというのは、なぜなんだ？」

「それが、男の殺された事と、何か関係があるのかね？」

小早川が、きく。

土屋は、むっとした顔で、

「わからないから、聞いている」

「ふーん」

小早川は鼻を鳴らした。

「答えたくなければ、署に来て貰うことになるがね」

「刑事のセリフは、いつも同じだな」

「何だって？」

「亡くなった芸者とは、昔なじみでね。誰も偲ぶ会をやってやろうとしないので、おれが、やってやろうと思っただけだよ」

「その会場が、ここか」

と、土屋は、部屋を見廻してから、

「何人集ったんだ？」

「三十人くらい集るだろうと思ったが、来たのは、二人で、その一人は、取材だった」

「じゃあ、一人しか来なかったのか」

「そうだ」

「ひどいものだな」

「ああ。ひどいものだ」

と、小早川自身も、笑った。

「あの仏さんは、この部屋に入って来て、死んだんだろう？　とすれば、君に会いに来たのかも知れんじゃないか？」

土屋は、小早川を睨んだ。

小早川は、冷静に、

「この三階には、大、中、小三つの宴会場があって、今日は、どの部屋でも、パーティをやっていた。だから、仏さんが、どの宴会場に行こうとしていたのか、わからないだろう。いきなり、背後から射たれ、一番近い、この部屋に逃げ込んだんじゃないのか。他の二つの宴会場も調べた方がいいな」

「聞き込みは、やっている」

「抜け目は、ないんだ」

「当たり前だ。君は何人に、招待状を出したんだ？」

「三十人だ」

「その中に、この仏さんがいたんじゃないのか？　湯河原町の古木正道となっているが」

「古木ねえ。招待状のリストにはなかったよ」

と、小早川は、いった。

「まだ、君の名前を聞いてなかったな」

土屋が、いった。

「小早川だ」

「住所は？」

「奥湯河原の青山荘という旅館に泊まっている」

「じゃあ他所者《よそもの》か」

「いや。湯河原で育った。ただ、長いこと留守にしていたので、住む所がなくて、探している。それで、今は、旅館に泊まっているんだ」

「そんな人間が、わざわざ、芸者を偲ぶ会をやるというのはどういうことなんだ？」

土屋は、執拗《しつよう》に同じ質問を繰り返した。

「性格かな」

と、小早川は、いった。

「性格？」

「柄にもなく、感傷的なんだ」

「君が、そんな性格とは、信じられないがね」

「だから、柄にもなくと、いっている」

「それが、答えか」

「他にいいようはないな」

「君は――」

と、土屋は、立花亜矢に眼を向けた。

「彼が、殺してないと証言しているが、間違いないね？」

「間違いありません」

「君は、ここに取材に来たといっている」

「ええ」

「しかし、参加者が、たった一人じゃ、どうしようもなかったんじゃないのかね？」

「でも、写真を何枚も撮りましたよ」

「記事にはなるのかね?」

「今、どんな見出しにしようか、考えているんです。冷たい温泉町の人情にしようか、それとも、突然の殺人事件で、肝心のパーティが、大混乱。或いは、しつこい刑事の質問攻めで、取材もままならずにしようかしら」

「もういい。二人とも帰っていいぞ」

と、土屋は、追い立てるようなジェスチュアをした。

6

小早川が黙って、鷺の間を出ると、亜矢が、それに追《つ》いて来た。

小早川は、ホテルの出口で待っていた。

「コーヒーをおごりたい」

と、亜矢にいった。

「ご馳走《ちそう》してくれるんですか?」

「あの生意気な警部に、おれのアリバイを証言してくれたお礼だ」

と、小早川は、いった。

二人は、近くの喫茶店に入った。この店も、新しい熱海の象徴かも知れない。張り出したテラスに、パラソルが並んでいる。海に向って、リゾート気分で、お茶を楽しめるというわけなのだ。

風は無く、二人とも寒さは感じなかった。ホットコーヒーを注文した。

「いくつか、聞きたいことがあるんですけど」

と、亜矢がいった。

「質問は一つにしてくれ」

と、小早川は、いった。

「じゃあ、一つだけ。今日、雪乃さんという芸者さんのために、パーティを開いたでしょう。彼女の写真を見たけど、あなたに似ていないから、妹さんとは考えられない。と、いって、奥さんだったとも思えない。そういう人のために、どうして、大金をはたいて、パーティを開いたりするのか、わからなかった」

「その理由を知りたいのか？」

「聞いても、教えてくれないでしょう」

「ああ、いいたくないな」

「だから、別のことを聞きます。せっかくのパーティなのに、一人しか来なかった。あなたは、人が来ないと、わかっていて、今日の偲ぶ会をやったんじゃないんですか？」

第三章　本庁の刑事

1

東京ナンバーの車が、熱海警察署の前で、とまった。

二人の中年の男が車から降りて、署内に入って行った。

〈ホテル内殺人事件捜査本部〉

と書かれた看板が、かかっていた。

静岡県警の土屋警部が戸惑《とまど》う表情で二人を迎えた。

「警視庁の十津川さんですね。お待ちしていました」

と、一応、いったものの、続けて、

「熱海で起きた殺人事件に、なぜ、興味を持たれるんですか？」

と、眉《まゆ》を寄せた。

十津川は、

「こちらは、亀井刑事」

と、連れを紹介してから、

「何処か、落ち着いて話せるところはありませんか」

「取調室でもいいですか」

と、土屋は、断ってから、二人を空いている取調室へ案内した。

女性警官が、コーヒーを運んできた。

「十月二十日の事件は、どんな具合ですか？」

十津川がきいた。

「犯人は、見つかっていませんが、まだ、二日しかたっていません。正確にいえば、三十六時間しかたっていません」

土屋は、怒ったようにいった。本庁の刑事に、ハッパをかけられたと思ったのかも知れない。

十津川は、あわてて、

「私が、今、担当している事件は、一ケ月以上たった今も、解決のメドが立っていいません」

と、いった。

「どんな事件を、担当しておられるんですか？」

「誘拐事件です」

と、十津川は、いった。

「誘拐？」

と、おうむ返しにいってから、土屋は、

「ああ、九月七日に起きた五歳の幼女誘拐事件ですね。成城《せいじょう》の事件でしたね」

「そうです。人質は、無事に戻りましたが、犯人は、捕まらず、身代金も取り返していません」

と、十津川は、いった。

「しかし、こちらで、十月二十日に起きた殺人事件とは、関係ないと思いますよ。殺されたのは、湯河原で、会計事務所をやっている古木正道という四十八歳の男で、湯河原と熱海で、仕事をしています。客は、この二つの管内に限られていますから、東京の資産家とは、関係ないと思います。それとも、そちらの捜査の中で、古木正道の名前が、出て来たんでしょうか？」

土屋が、きいた。

「それは、ありません」

「それでは、何が？」

と、土屋が、きく。

十津川は、コーヒーを口に運んでから、

「確か、熱海のホテルで起きた殺人事件の被害者は、小早川恵太という男が、主催したパーティ会場で、死んだんでしたね？」

「そうです。六年前に亡くなった芸者を偲《しの》ぶ会だと、小早川は、いっていますが」

「実は、その小早川の方に用があるのです」

土屋の眼が、光った。

「どんな用があるんですか？」

「東京の誘拐事件ですが、今までに、何人かの容疑者が、浮かんできています。その中に、小早川恵太の名前もあるんです」

と、十津川は、いった。

「本当ですか？」

「今のところ、容疑者の一人というだけで、犯人の確証があるわけじゃありません」

と、十津川は、いった。

「そうですか。あいつは、誘拐事件の容疑者ですか」

土屋は重ねて、呟《つぶや》き、

「それなら、人殺しぐらいやりかねませんね」

「容疑者ですか？」

「何しろ、小早川の使っていたホテルの鷺の間で、被害者は、死んでいますからね。ただ、一緒にいた女性記者が、小早川のアリバイを、証明しているんです。それで、逮捕できません。残念ながら」

「なるほど」

「しかし、小早川という男は、うさん臭い奴なんですよ。十津川さんも、彼の前科については、ご存知でしょう？」

「四月三十日に、刑務所を、出所したことは、知っています」

「殺人罪で、六年入っていたんですが、その事件は、熱海と湯河原の境で、起きたんですよ」

「そうらしいですね」

「その男が、突然帰って来たんで、みんな、戦々恐々としているんです」

「どうしてですか？」

と、十津川が、きく。

「何をやるかわからない乱暴者ですからね。自分の悪いのを棚にあげて、六年前のことで、逆恨《さかうら》みしているかも知れない。そう思って、みんな怖がっているんですよ。そんな時に、起きた殺人事件ですからね。われわれは、てっきり小早川が、殺したと思いましたよ」

「だが、アリバイがあった」

「そうです。あの女性記者の証言がなければ、とっくに、小早川を逮捕して、締めあげています」

土屋は、口惜《くや》しそうに、いった。

「小早川は、今、何処にいるんですか？」

十津川が、きいた。

「奥湯河原の青山荘という日本旅館に泊まっています」

「高い旅館ですか？」

「有名タレントなんかが、お忍びで、利用する旅館で、一泊四万から、五万はすると聞いています」

「小早川は、そこに、もう何日間泊まっているんですか？」

「昨日で、十六日間です」

「一泊四万円として、六十四万円です」

と、傍から、亀井が、いった。

「亡くなった芸者のために、小早川は、いくら使ったかわかりますか？」

十津川が、きくと、土屋は、したり顔で、

「それも、ちゃんと調べました。三十人の客を呼んでいますから、招待状や、鷺の間の使用料など全部で、二百四十万円、かかっています」

「合計して、三百四万円ですか。かなりの金額ですね」

と、十津川は、いった。

2

その日、十津川と亀井の二人は、熱海のホテル・イーストにチェック・インした。

小早川が偲ぶ会をやったホテルである。

いったん、部屋に入ってから、外出した。

東京から乗ってきた覆面パトカーを走らせる。

まず、海岸通りを往復した。

十月末の暖かな陽が、降り注いでいる。

少し沖合いの防波堤では、子供が、釣りをしていた。

その向うに、初島が、優雅な姿を浮かべている。

亀井が、車をとめ、十津川は、窓を開けて、煙草に火をつけた。

「あの男は、ここで育ったんだな」

と、十津川はいった。

「いい所ですよ。温泉はあるし、気候は温暖だし、海の傍だから、食べ物は美味《うま》いし、きれいどころはいるし――」

「その場所で、六年前、あの男は殺人事件を起こしたんだ」

「そうです」

「生まれたのは、九州だったんじゃないか？」

「そうです。熊本の寒村です。それが折角、こんなにいい所に来たのに、なぜ、殺人事件なんか起こしたんですかね」

亀井が、首をかしげた。

「なぜかな」

と、十津川は、いってから、

「さっきの話を、カメさんは、どう思った？」

「静岡県警の話ですか」

「あの男は、ここに来て、十六日間に、三百四万円使ったといっていた」

「大盤ぶるまいですよ」

「あの男は、六年間、刑務所に入っていた。出所する時、いくらぐらい貰《もら》ったのかな？」

「せいぜい、十万単位じゃありませんか」

と、亀井は、いった。

「それが、半月で、三百万も、使ったか」

「おかしいですよ。やはり、成城の誘拐は、彼の仕業《しわざ》でしょうか？」

「身代金は、二千万円だったね」

「そうです。あの資産家にとっては、大した額じゃないから、あっさり、払ったんですよ」

と、亀井は、いった。

成城に、自宅のある金次正之《かねつぐまさゆき》という六十七歳の外食産業のオーナーだった。

その金次の孫娘、五歳になるまさ美が、九月七日に誘拐されたのである。

「かねつぐ」は、関東周辺に七十店舗を展開し、年商九十億円といわれていた。だから、二千万円の身代金は、簡単に払える額だったのだ。

もし、小早川が、犯人だとすれば、ここで使った三百四万円は、その身代金なのではないのか？

だが、支払われた一万円札に、印はつけてなかったし、人質の五歳のまさ美は、目かくしされていて、犯人の顔を見ていなかった。

十津川は、新しい煙草に火をつけ、熱海・湯河原の地図を広げた。

「あの男の泊まっている湯河原の旅館に行ってみるかな」

地図は、土屋警部がくれたものだった。

その地図には、今、小早川が泊まっている旅館青山荘と、六年前に、殺人事件の起きた場所に、土屋が赤丸をつけていた。

亀井の運転で、覆面パトカーは、走り出した。

天気がいいせいか、東京方面から来る車の数が多い。多分、昔は、殆《ほとん》どの車が、この熱海の旅館や、ホテルに入って行ったのだろう。

ここには豊富な温泉があり、有名旅館、ホテルが並び、お宮の松があり、何百人もの芸者が客を楽しませていたのだ。

しかし、今、見ていると、多くの車が、熱海を素通りして、国道135号線を、伊豆半島に向って、走って行く。

伊豆半島には、沢山の温泉と、名所、旧跡があって、観光客が分散してしまうのだろう。

そのあおりを食って、熱海の海岸通りでは、いくつかのホテルが、倒産していたが、今見ると、いずれも、青いシートをかぶせて、マンションなどへの改造工事が行われていた。

新しいマンションやレストランの建築も行われている。

再建の槌音《つちおと》も聞こえるのだ。

3

二人の車は、海岸線を、湯河原に向った。

右手に、海が続く。

海は凪《な》いでいて、沢山の釣舟が出ていた。

海岸線のところどころに、老人専用のマンションがあったり、みかんの売り場があったりする。海岸まで迫る山の中腹では、みかんが栽培されているのだ。

海岸線を、十五、六分走って、湯河原の町に入った。

次に、県境を流れる藤木川に沿って上流に向い、川沿いの道を走った。

海に注ぐ下流あたりが、湯河原、上流が奥湯河原ということなのだろうか。

下流でも、川の流れはきれいで、立札には、六月三十日から、鮎《あゆ》解禁と書かれていた。

それを証明するように、何人かの釣人の姿が見えた。

川に沿って、十分ほど走ったところで、地図を見ていた十津川が、

「とめてくれ」

と、亀井にいった。

十津川は、車からおりて、川面に眼をやった。

亀井もおりてきた。

近くに、橋がかかっている。

「土屋警部の話だと、この辺りに、六年前の五月十二日に、死体が浮かんでいたん

だ」

と、十津川は、いった。

川幅は、五、六メートルしかない。

川底には、大小の石が転がっているので、川は白い水しぶきをあげながら、流れている。

土屋警部の話は面白かった。

六年前の五月十二日の朝、藤木川のこの辺りで、中年の女の死体が発見された。

死体は、川の真ん中あたりに、石に引っかかる形で浮いていたという。

「県境の川ですからね。静岡県警の事件なのか、神奈川県警の事件なのかということで、モメました」

と、土屋はいった。

「結局、死体の顔が静岡県側にあったので、うちの事件になりました」

十津川は、眼をあげて、伊豆山を見上げた。

その中腹に、六年前、小早川が住んでいたマンションが見えた。

レンガ壁の十五階のエレファントレジデンスである。

土屋の話では、事件の時、小早川は、このマンションの１２０１号室に住んでいたという。

その部屋は、今、十津川の立っている場所からよく見える。

マンションの自体が藤木川に向ってというか、湯河原の町に向って、建てられている。その上、１２０１号室は、一番端で、大きなベランダを持っているので、目立つのだ。

こちら側から、よく見えるということは、１２０１号室からも、こちらの現場が、よく見えた筈《はず》である。

「そのことも、事件の時、小早川が疑われる原因の一つになったと思われます」

と、土屋は、いっていた。

川にかかるK橋を渡って、急坂を登っていくと、エレファントレジデンスに着く。

「土屋警部もいっていたが、この辺りの地形は、面白いね」

と、十津川は地図と見比べながら、いった。

眼の前に、伊豆山が、そびえている。厳密にいうと、伊豆山という山があるわけではなく、小さないくつかの山が、連《つらな》る伊豆山塊と呼ぶべきものだった。

この山の向う側に、熱海市がある。

地図を見ると、神奈川（湯河原）と、静岡（熱海）の境は伊豆山にした方が、すっきりすると思う。

それが、なぜか、山麓《さんろく》を流れる藤木川を県境にしてしまった。

川の東側は、湯河原町である。

川の西側、静岡県側は、伊豆山が間近に迫っているから、文字通り、猫の額ほどの土地だった。

正式な地名は、静岡県熱海市泉である。

ここに、小さな公園や、アパートや、エレファントレジデンス、それに川沿いの桜並木があった。

しかし、熱海市泉地区へ、熱海から伊豆山を越えて来ることは難しいから、誰もが、湯河原側から、川にかかる橋を渡って行くことになる。

電気も、水道も、電話も、湯河原である。

問題のマンションの名前も、エレファントレジデンス湯河原館なのだ。

「六年前の事件の時だがね」

と、十津川が、いった。

「小早川は、自分が、熱海に住んでいると思っていたのかな。それとも、湯河原に住んでいると思っていたのかな？」

「そのことが、六年前の事件に何か関係があると、思われるんですか？」

亀井が、きいた。

「六年前、ここで死んでいた女性だが、確か、湯河原の住民だった」

「そうです」

「首を絞めて殺され、死体は、この藤木川に放り込まれた。たぶん、このK橋から、投げ込まれたんだろう。たまたま、彼女の首が、熱海側にあったために、熱海で、死んでいたことにされてしまった」

と、十津川は、いった。

「そして、静岡県警が、捜査することになったわけですね」

と、亀井が、いった。

4

二人は車に戻り、奥湯河原の青山荘に向った。

土屋警部の言葉通り、大きくはないが、隠れ家といった風情の洒落《しゃれ》た造りの旅館だった。

小早川は、外出していたので庭の見えるロビーで待つことにした。

旅館自体が、高台にあるので、ロビーからの眺めも素晴しい。

視界に、まず、伊豆山の緑が見えた。

眼を少し下に向けると、あのエレファントトレジデンス湯河原館が見えた。

藤木川を挟んで、向い合っているのだ。

「1201号室も、広いベランダも、ここからはっきり見えますね」

亀井が、一つの発見をしたみたいに、声を弾《はず》ませた。

「そうさ。だから、ここの女将《おかみ》の証言が、ものをいったんだよ」

と、十津川は、いった。

彼は、熱海署で借りた六年前の殺人事件の調査報告書のコピーを、テーブルの上に置いた。

「車の中で、パラパラとめくってみたんだが、ここの女将の証言も出ていた」

「どんな証言なんですか？」

「あの時、藤木川で、死んでいた女性の写真だ」

十津川は調書の中に、挟んであった二枚の写真を、亀井に見せた。

洋服姿のものと、和服姿の写真だった。

「美人というよりも、妖《あや》しい魅力を持った女ですね」

「死んだ時、三十五歳だった。熱海と湯河原で『あい』というクラブをやっていた。彼女の名前は、仁科《にしな》あいで、自分の名前からとった店だ。調書によれば、温泉場では珍しく高級なクラブだったという」

「クラブのママですか」

「独身だったが、パトロンはいたと思われる。ただ、パトロンの名前は不明」

「小早川は、なぜ、この女を殺したとして、逮捕されたんですか？」

「これも調書によるんだが、彼は、クラブ『あい』の常連の一人だった。何人かの常連客は、二人の間に、いさかいがあったと証言した。五月十二日の朝、彼女の死体は発見されたんだが、殺されたのは前日五月十一日の夜とわかった。小早川は、十一日に、彼女には会っていないと主張したが、ここの女将が、十一日の午後四時頃、エレファントレジデンスの１２０１号室のベランダで、二人が、ケンカしているのを見たと証言したんだ」

「ケンカですか」

「証言は、具体的でね。調書によると、彼女が、平手で小早川の頬を打って、逃げようとした。小早川は、それをつかまえて、殴り返した。それで、彼女が、よろけるのが見えたと証言しているんだ。死体の左頬に、殴られた痕《あと》があり、それも、有罪の一つの証明になったみたいだよ」

十津川が、いった時、やっと、小早川が、帰って来た。

彼は十津川たちを見て、露骨に不快な表情を作った。

「私を覚えていますね？」

と、十津川が、きいた。

「あなたは、忘れないよ」

「君は嫌かも知れないが、私たちは、刑事として、何としてでも、あの誘拐事件を、解決しなければならないんですよ」

と、十津川はいった。

「おれは、あの誘拐とは、無関係だ、それは、前に、いった筈だ」

小早川が、いい返す。

「それは聞きました。ただ、聞き忘れたことがあるのでね」

「何だ？」

小早川が、いった。

茶菓子を持って来た仲居が、重苦しいその場の空気を見て、あわてて、引き退《さが》っていった。

十津川は、わざと、ゆっくり、お茶を口に運んでから、

「あの誘拐で、犯人は、二千万円の身代金を手に入れたわけです。私たちはその金の行方も知りたいと思っている。それで、質問ですが、あなたは、ここに来て、かなりの金を使っている。この旅館にすでに十七日間滞在している。熱海のホテル・イーストで、亡くなった芸者のために、宴会場を借りて、三十名を招待した。両方で、三百万円を超す金を払っている。失礼だが、その金を何処で、手に入れたか、教えて欲しいのですよ」

と、いった。

小早川は、煙草に火をつけた。

「稼《かせ》いだのさ」

「どうやって？　あなたは六年間、刑務所に入っていた。出所する時、たいした金は支払われなかった筈ですがね」

「ああ。国はケチだからな」

「それで、どうやって、三百万もの金を？」

「競馬で、稼いだんだ」

「競馬って、そんなに儲《もう》かるものですか？」

「おれは、六年間、刑務所に入っていた。時間だけは、あったから、ずっと、競馬で勝つ方法を研究していたんだ。やっと勝つための法則をつかんで出所したあと、わずかの金を元手にして、馬券を買っていたんだ。上手《うま》い具合に、倍々になっていってね。三百万円を払っても、まだ残るぐらいの金は、手に入れたんだ」

「あと、いくら持っているのかね？」

と、亀井がきいた。

小早川は、亀井を見て、ニヤッと笑った。

「二千万の中《うち》、三百万使ったから、あと千七百万残っていると答えたら、ご満足なんだろうがね。残念だが、もっと競馬で儲けているよ」

「だから、いくら、今、持ってるんだ？」

亀井が、しつこくきいた。

「そんなことを、どうして、あんたたちに、いわなきゃいけないんだ！」

小早川が、怒鳴った。

「まあ、怒りなさんな」

と、十津川は、笑って、

「刑事というのは、嫌われるのが、仕事みたいなもんでね。今の質問は、撤回するよ。久しぶりに、湯河原へ来て楽しんでいるみたいに見えるんだが」

「さっきまで、楽しかったが、あんたらの顔を見て、急に楽しくなくなったよ」

と、いって、小早川は立ち上った。

「トイレに行きたいんだ」

「われわれも、引き揚げよう」

十津川は、亀井に、いった。

「競馬で儲けたなんて話を信用されたんですか？」

「もちろん、あんなお伽話《とぎばなし》なんか信用できないよ。だが、今日は、これ以上水掛論をやっても仕方がない」

と、十津川は、いった。

二人は、車に戻った。

まだ、四時になったばかりだった。

「湯河原の町を廻ってみようじゃないか」

と、十津川は、いった。

今、湯河原では、事件は起きていない。

殺人事件が起きたのは、熱海のホテルである。

しかし、問題の小早川恵太が、湯河原の旅館にいる。それも、六年前の殺人事件に絡んでいる女将のやっている旅館にである。

それを考えると、十津川は、この湯河原でも、何か起きるのではないかという不安を覚えてならなかった。

5

二人の乗った車は、JR湯河原駅に向った。

新幹線と在来線の鉄橋の下をくぐってすぐ、湯河原駅に着く。

何処にでもある小さな駅であり、駅前広場だった。

タクシー乗り場があり、バス停留場がある。

広場の前の通りに、みやげもの店があり、小さな雑居ビルがあり、湯河原図書館があり、小さな食堂などが並んでいた。

「この雑居ビルの中に、六年前は、クラブ『あい』があったらしい」

と、十津川は、いった。

今、五階建の雑居ビルの中に、マージャン店、カラオケ店、ラーメン店などの看板は出ているが、クラブ「あい」の看板は、見当らなかった。

駅前を過ぎると、湯河原町役場や、温泉病院が見えてくる。

二人の車は、そこから海岸に出た。

砂地の湯河原海水浴場が現われた。

すでに、海水浴の季節は終っていたが、波間に、点々と、黒い人間の頭が浮かんでいるのが見えた。

サーフィンをやっている人たちだった。

ここは、サーファーのメッカになっているらしい。

更に、海岸通りを進むと、福浦《ふくうら》漁港に着く。

ここで、湯河原の町は、終りで、地図の上で、この先は、真鶴《まなづる》半島のある真鶴町になる。

亀井は、車をとめた。

「湯河原というのは、やたらに、細長い町ですね」

と、亀井がいった。

湯河原の町は、相模湾《さがみ》に面した海岸から、西に向って、伸びている。

ＪＲ湯河原駅のあたりが、中心街で、その先は、温泉場で更に、その先が奥湯河原で、箱根への入口になる。

隣りの熱海は、新幹線がとまり、人口も多く、景気の影響をもろに受けているが、カジノの誘致話があったり何かと、賑《にぎ》やかだ。

それに比べると、湯河原の町は、ひっそりと静かである。

騒いでいるのは、東京あたりから来ていると思われるサーファーの若者だけで、町も、温泉場も静かである。

ここで、何か事件が起きるのだろうか。

夕闇《ゆうやみ》が、広がってきた。

眼の前の海は、青い輝きを失って、黒ずんでしまったが、若いサーファーたちの数は、いっこうに減らず、泳ぎ続けていた。

「帰ろうか」

と、十津川が、いった。

十月末である。夕闇が近づいたと思うと、あっという間に、周囲が、暗くなり、寒くなってくる。

二人の車は、ライトをつけ、海岸通りを、熱海に引き返した。

暗い海岸通りを走り続けると、突然、前方に、光りの海が出現する。

そんな感じで、熱海の町が、見えてきた。

ホテル・イーストに戻り、二人は、夕食をとる。

食事の最中に、十津川の携帯が、鳴った。

静岡県警の土屋警部からだった。

「今、何処ですか?」

と、きく。

「ホテル・イーストで、夕食をとっています」

「熱海通信という日刊紙があります。無料で配られる新聞です。ホテル・イーストにも、当然、配られていると思います。食事がすんだら、ぜひ、眼を通して下さい」

と、土屋は、いった。

「何か事件が、のっているんですか?」

「いや。ただ、興味のある記事が、のっているんです」

と、思わせぶりにいって、土屋は、電話を切った。

バイキングスタイルの夕食をすませると、二人は部屋に入った。

毎朝新聞と一緒に、土屋のいった熱海通信も、入れられていた。

一枚のピラピラの新聞である。

表には、熱海市長の参加した行事の記事や、市民の五十一パーセントが、湯河原との合併を希望しているといった記事が、のっていた。

裏を返すと、こちらは、ほとんど、熱海市内の店の広告や、求人広告だった。

（この何処に、土屋警部は、興味を持ったのだろうか？）

ホテル・イーストで起きた殺人事件の後日談がのっているわけでもなかった。

事件の記事らしいものといえば、「昨日の交通事故8件」という文字くらいだった。

「カメさんも見てくれ」

と、十津川は、亀井に渡した。

亀井は、引っくり返しながら、見ていたが、急に、

「これじゃありませんか？」

「そこは、求人広告だろう」

「そうです」

亀井が示したのは、小さな求人広告だった。

〈ホステス募集（若干名）

六年前、熱海と湯河原にあったクラブ「あい」が、復活します。

あの時と同じ高級な社交場を目指します。

自信のある若い女性の応募をお待ちします。

TEL0465・62・×××× 小早川〉

土屋から、電話が入った。

「見ましたか？」

と、きく。

「見ましたが、この小早川はあの小早川ですか？」

十津川が、きいた。

「電話番号があるでしょう。それは、奥湯河原の旅館青山荘の番号です。小早川の泊まっている――」

と、土屋が、いった。

「なるほど」

「熱海のクラブ『あい』は、春日町《かすが》の雑居ビルの五階にあったんですが、ママが殺されたということで、縁起が悪いといって、その後借り手がなかなか見つからなかったんですよ。今日、持ち主に聞いてみると、十月八日に、小早川と思われる男が、現われて、百万円の手付を払い、改装を依頼したというのです」

「その改装が、終ったということですか？」

「そのようです。ホステスが、集り次第、開店になるんじゃありませんか」

と、土屋は、いった。

「改造費に、いくらぐらい、小早川は、使ったんですか？」

と、十津川は、きいた。

「もともと、クラブ用に造られている部屋なので、六百万で、改装は、すんだといってます」

「小早川は、湯河原の店も、再開する気なんでしょうか？」

「それは、こちらではわかりません」

と、いってから、土屋は、

「小早川は、いったい、何を考えているんですかね。六年前のことは、関係者が何人もいて、アンタッチャブルになっているんです。殺された仁科あいのおかげで、家庭がこわれた有力者もいたりしますからねえ。関係者は、忘れたいんですよ。それを、小早川は、戻って来て、古傷を、あぶり出そうとしているとしか、思えませんね」

「古傷をあぶり出す――ですか」

「そうですよ。今もいったように、家庭がこわれて、六年間かかって、やっと、修復した人間もいるんです。それが、また、こわれるんじゃないかと思います」

と、土屋は、いった。

十津川は、別のことを考えた。

金のことだった。

東京で、五歳の幼女を誘拐した犯人は、二千万円の身代金を手に入れている。

一方、小早川は、すでに、三百万円を、使っている。

熱海のクラブ「あい」の復活に、六百万円使ったという。

湯河原でも、クラブ「あい」を再開しようとしているとすると、同じく、六百万円は必要となるだろう。

合計千二百万円、それに、三百万円をプラスすると、千五百万円である。

残りの五百万円は、差し当たっての酒類の購入や、ホステスの給料に当てるとすると、ぴったり、二千万円になってくるではないか。

「十津川さん。何を考えておられるんですか?」

と、土屋が、きいた。

「明日、こちらから、電話します」

と、十津川は、いった。

明日、湯河原駅前の雑居ビルへ行って調べなければと、思った。

第四章　不安な店開き

1

翌日、十津川は、亀井と、湯河原派出所を訪ねた。

湯河原に、警察署はない。神奈川県警小田原警察署湯河原派出所である。

JR湯河原駅から、歩いて二十分の、三叉路《さんさろ》の角にあった。

パトカー二台が配置され七名の警察官がいた。所長は若宮という五十五歳の警部補だった。

若宮は、湯河原派出所に勤めて、今年で七年になるから、六年前の事件の時は、すでに、勤務していたことになる。十津川は、それを聞いて、若宮に会ってみたくなったのである。

実際に会ってみると、小柄だが、赧《あか》ら顔で、いわゆる熱血警官というタイプの男だった。

「駅前の雑居ビルの中に、六年前、クラブ『あい』というのがあって、それが、また、再開店すると聞いたんだが、そのことで、あなたに、いろいろと教えて貰いたくてね」

と、十津川は、いった。

「そのことは、この湯河原でも、大きな話題になっています」

と、若宮は、生《き》まじめに、いった。

「六年前の殺人事件の犯人だった小早川が、金を出していることは、どう考えます？　あの事件の時も、若宮さんは、この派出所におられたんでしょう」

「その通りです。ただ、あの事件は、静岡県警が捜査したので、われわれは、補助的な役割しかしておらんのです」

「補助的なというのは？」

と、亀井が、きいた。

「殺された仁科あいですが、彼女と関係した人間は、湯河原にも何人もおりましたので、その人たちの事情聴取を、こちらが、引き受けました」

「それで、犯人は、小早川と、確信したわけですか？」

と、十津川が、きいた。

「いや。こちらは事実だけを静岡県警に伝えて、判断は、向うの仕事ですから」

と、若宮は、いった。

「小早川が、六年ぶりに戻って来たことについては、どう考えているんですか？」

「正直にいうと、困ったことだと思っています」

「それは、どうしてですか？」

「今もいったように、六年前の殺人事件で、湯河原の人間も、何人か容疑をかけられて、嫌な思いをしていますからね。小早川が帰って来たんで、それを思い出している人間もいると思いますからね」

「すると、小早川が、クラブ『あい』を開店すると、いよいよ、嫌な思いをする人が、増えることになりますかね？」

「それは、ありますね。だから、私としては、小早川に妙な行動はとって貰いたくないんですが、止めろというわけにもいきません」

「あの雑居ビルの持主は、誰なんですか？」

「駅裏にある春山土地という会社です。ご案内しましょう」

と、若宮は、いって、気軽く立ち上った。

そこへ行く途中、車の中で、若宮が、説明してくれた。

「春山土地というのは、湯河原では、大きい方の会社で、貸ビルや、駐車場などを、駅周辺に持っています。社長は、春山茂で、ま、ここの有力者といったところです」

と、いった。

「町の有力者ですか」

駅裏のその店には、「春山土地」という大きな看板がかかっていた。

2

若宮の紹介で会った社長の春山は、四十代の若い感じの男だった。

社長室で話をした。若い女事務員が、コーヒーをいれてくれた。

社長が「――ちゃん」と、呼んでいるのをみると、近所の知り合いの家の娘なのだろう。

（小さな町らしいな）

と、十津川は思いながら、

「駅前のビルのことですが」

と、いうと、春山は、

「クラブ『あい』のことでしょう。小早川さんが、ここへ来て、クラブ『あい』を、やりたいといったときは、さすがに、ちょっと迷いましたよ。いわくのある店ですからねぇ。しかし、あの事件のあと、借り手がなくて、困っていたんです。こちらも商売ですから、オーケイしました。こちらの若宮さんは、渋い顔をしてますがね」

と、笑った。

「必要な金は、全て払ったんですか？」

と、亀井がきいた。

「保証金など、きちんと、払って頂きました」

「小早川とは、前から、知り合いでしたか？」

と、十津川はきいた。

「ええ。あの事件を起こす前から、知っていましたよ。何しろ、小さな町ですから」

春山は、小さな町を強調した。

「その頃、一緒に飲んだりしたこともあるんですか？」

「ありますよ。当時のクラブ『あい』に一緒に行ったこともありますね」

「その頃は、どんな男でした？」

と、亀井がきいた。

「そうですねえ。女にもてましたよ。特に、水商売の女性にね」

「じゃあ、殺された仁科あいにも、もてたんでしょうね？」

と、十津川はきいた。

「それが、かえって、彼が疑いを持たれた理由だったんですがね」

と、春山はいった。

「あなたは、犯人は、小早川だと思いましたか？」

十津川がきくと、春山は、当惑した表情になって、

「犯人かどうかの判断は、静岡県警が、やったことですから」

と、若宮警部補と同じことを、いった。

このあと、十津川は、春山に、雑居ビルへ案内して貰った。

ビルの前で、若宮警部補とわかれ、十津川と、亀井は、春山の案内で、エレベーターに乗り、五階へあがった。

五階の店は、すでに、クラブ「あい」の金文字のドアで飾られていた。

春山が、持参したキーで、ドアを開け、二人を店の中に案内した。

店内は、いつでも開店できるように、きれいに飾られていた。

「いつでも、店を開くことが出来ます」

と、春山はいった。

十津川は、店内を見渡しながら、

「開店したら、客が来ると思いますか?」

と、きいた。

「うちは、この店を貸している方ですから、ぜひ、うまくいって欲しいと思っていますがね。名前が、昔と同じクラブ『あい』だと、尻込《しりご》みするお客もあるかも知れませんね」

と、春山は、いった。

「小早川は、どうしても、クラブ『あい』という名前にしたいと、いったんですか?」

亀井が、きいた。

「そうです。小早川さんの意向です」

「なぜ、彼は、名前に拘《こだ》わったんでしょう?」

十津川が、きいた。

「さあ、なぜですかねえ。よほど亡くなった仁科あいさんに未練があるのか――」

「そんなに、小早川は、そのママに惚《ほ》れていたんですか？」

「そこは、私にもわからんのですよ。好きだったとは思いますがねえ。店の名前に拘わるのは、他にも理由があるような気がするんですよ」

と、春山は、いった。

「どんな理由ですか？」

「これは内緒にしておいて貰いたいんですが」

と、春山は、断ってから、

「ひょっとすると、嫌がらせじゃないかと思ったりしているんですよ」

「誰に対しての嫌がらせですか？」

「六年前の事件の時、小早川さんの他にも、何人か容疑者がいたんですよ。この湯河原にもですが、熱海にも店がありましたから、熱海にもです。だいたい、ママの仁科あいと親しかった人たちです。最初は、全員が容疑者だったんですが、それが、小早川さん一人に、絞《しぼ》られてしまったんです」

「それは、奥湯河原の青山荘の女将の証言のせいですか？」

「それもありますが、他の容疑者たちが、わが身可愛さに、警察に対して、小早川さんに不利な証言を始めたんですよ。『そういえば、あの時、小早川さんが――』という形でね」

と、春山はいった。

「それで、嫌がらせですか？」

亀井がきいた。

「実は、今、いった何人かの人たちにクラブ『あい』の名前で、オープンの日においで下さいという招待状が届いているそうですよ」

と、春山は、いった。

「その人たちは、招待に応じるんですかね？」

十津川が、きいた。

「悩んでいるんじゃありませんかね。小早川さんの招待に応じるのも嫌だが、だからといって、最初から断ると、恨まれるんじゃないかということで」

と、春山はいった。

「あなたに、招待状は来ていないんですか？」

「まだ来ていませんが、私は、いわば、大家ですからね。顔を出すつもりではいます」

と、春山はいった。

「熱海の方の店でも、同じことをやっているんですかね？　関係者に、招待状を出すということですが」

「多分、出していると思いますよ」

春山が、いった時、急に、店のドアが開いて、人が入って来た。

小早川だった。

「この刑事さんたちが、店を見たいとおっしゃるので、店を開けさせて貰いましたよ」

と、春山が、小早川に、いった。

小早川は、「かまいませんよ」と、いってから、カウンターの中に入っていった。

「ビールは、冷蔵庫に入っているけど、飲みますか？」

と、小早川がいった。

「いや、私たちは、結構ですよ」

と、十津川は、いった。

「おれは、飲むよ」

と、小早川はいい、冷蔵庫から、ビールの小びんを取り出し、コップに注いで、ぐいっと、飲み干した。

「今日は、なんで、店を見に来たんです？」

と、小早川は、煙草に火をつけてから、十津川にきいた。

「どんな店か、見たくて、春山さんにお願いしたんですよ」

と、十津川は、いった。

「刑事さんが、クラブに興味があるとは知らなかったな」

と、小早川は、皮肉をいった。

「この店は、誰にやらせるんです？」

と、春山がきいた。

「小雪にやらせようと思っているんだ」

と、小早川はいった。

「小雪って、芸者の？」

「ああ。六年前なら、いろんな女を知ってたんだが、今は、小雪しか知らないんでね」

と、小早川は、いった。

「失礼だが――」

と、十津川が、口を挟んで、

「この不景気の時、熱海と湯河原の両方に、店を出して、うまくいくでしょうかね？」

「なぜ、そんなことを、心配するんですか？」

小早川は、また、皮肉な眼つきをした。

「いろいろと聞くと、心配でね」

と、十津川は、いった。

「本庁の刑事が、おれのことを、心配しているとは、とても思えないんですがねえ」

「儲《もう》からないとわかっていて、わざと、二つの店を出すんじゃないのかな？」

「持って廻ったいい方だなあ。要するに、本当の目的を教えろというわけでしょう？」

小早川は、じろりと、十津川を見て、いった。

「やっぱり、目的は、他にあったわけですか？」

「そうはいっていませんよ」

「嫌がらせだといっている人もあると、聞きましたがね」

と、十津川は、いった。

「別に、否定はしませんよ」

と、小早川は、いった。

「六年前の事件の時のことを、まだ根に持っているということですかね」

「どんどん空想をふくらませていくんですね。そんなに疑うのなら、ここへ遊びに来てください。酒を飲みながら、しっかり観察したらわかるんじゃありませんか」

小早川は、笑いながら、いった。そのことが、逆に十津川の確信を強くさせた。

（こいつは、何か企《たくら》んでる）

3

また一人、入って来た。

若い女だった。

四人も店内にいることに、びっくりした顔で、

「近くに来たら、ビルの五階に明りがついていたんで」

と、小早川に、いった。

小早川は、十津川や、春山に、

「こちらは、近代ウイークリイの記者さん。名前は――」

「立花亜矢です」

と、彼女は頭を下げた。

「こういう店に、興味があるの？」

と、亀井が、きいた。

立花亜矢は、微笑した。

「こういうお店には別に興味はないんです。私が興味があるのは、小早川さんという人間についてなんですよ。こんなことをいうと、変に勘ぐられると、困るんですけど」

「小早川さんのどんなところに興味があるんですか？」

十津川が、きいた。

「実は、たまたま私が借りたマンションを、六年前に、小早川さんが借りていたんです。そのことは、全く知らず、展望が良いので借りたんですけど、前に借りていた人が、六年前に殺人事件を起こしたと知って、関心を持ったんです。これでも、週刊誌の記者をしておりますので」

「それで、小早川さんのどんなところが、興味があるんですか？」

十津川が、重ねて、きいた。

「小早川さんは、殺人事件の犯人として、六年間、刑務所にいた。ごめんなさい」

「構いませんよ。事実だから」

と、小早川が、いう。

「普通なら、事件のあった町には、二度と来たくないと思いますよ。関係者はまだ生きているんですから。それなのに、小早川さんは、反対のことをしている。熱海のホテルで、亡くなった芸者さんの偲ぶ会をやったかと思うと、今度は、六年前に殺された人の名前をつけたクラブを、熱海と湯河原で、オープンするという。変っているといったらいいのか、傍若無人といったらいいのか。なぜそんな、わざわざ、目立つようなことをするのか、大いに興味があるんです」

と、亜矢が、いう。

「あなたは、どう思うんですか？　小早川さんが、なぜ、こんなことをするんだと思いますか？」

亀井が、きいた。

「私は、記者ですから、ただ事実にしか興味がありません。小早川さんの気持は、本人にお聞きになったらいいんじゃありませんか」

亜矢は、十津川に、いった。

「じゃあ、本人の小早川さんに聞きましょう。どんな気持でいるんですか？」

十津川は、小早川にきいた。

「それには、もう答えましたよ。おれは、熱海と、湯河原の町が好きなんですよ。だから、帰って来たんです。クラブをオープンするのは、おれだって、生きていかなければならないからね。おれは、自分のことを水商売に向いていると思うからで、別に他意はないんだ」

と、小早川は、いった。

「その店に、わざわざ、殺された女性の名前をつけたのは、何故なんだ？」

と、亀井がきいた。

「あいという名前が、好きなんだよ」

「嘘《うそ》だな」

亀井が、決めつけるようにいった。

「嘘ですか」

と、小早川は笑った。

「そうだ。君は、石を投げているんだよ。熱海と湯河原という二つの池に、次々に、石を投げ込んで、その反応を楽しんでいるんだよ。池には、魚や蛙《かえる》が棲《す》んでいる。びっくりして、はねあがるのを見て楽しんでいるんだ。ただ、懐しんでいるのなら、静かにしている筈だよ」

「そういうことですか」

小早川は、また、笑った。

「そうなんだろう？」

「おれは、子供の時、石投げが得意でね。川や海に行くと、自然に石を手に、投げてしまうんだ。平たい石を投げると、はねるじゃないか。あれが楽しくてね。大人になっても、その癖が抜け切れないのかね」

小早川が、他人事《ひとごと》みたいに、いった。

亀井は、険しい眼になって、

「君は、何を狙《ねら》ってるんだ？　君の狙いは、何なんだ？」

「狙いって、何のことかな？」

「熱海のホテルで、芸者の偲ぶ会をやったり、こんな店をオープンしたりする狙いだよ」

「いったじゃありませんか。おれは、ここで生きていきたいんだって。生きるためには働かなきゃならないから、店をオープンするってね。刑事さんも遊びに来て、金を使って下さいよ」

「六年前の殺人事件について、今、どう思っているんだ？」

今度は、十津川が、きいた。

「おれはちゃんと、六年間のおつとめをすませたんだ。六年前の事件は、おれの中じゃ、もう終ってる。それを、あれこれいわれるのは、迷惑だな」

小早川は、笑いを消して、怒ったように、いった。

「自分は、殺してないと思ってるんじゃないのかね？　無実の罪で、六年間も、刑務所に放り込まれたと思っているんだろう？　違うのかね？」

十津川が、きいた。

「刑務所に入っている人間の九十パーセントは、自分は無実だと思っているそうだよ」

と、小早川は、いった。

「君自身のことを聞いてるんだ。君は、無実なのかね？」

亀井が、語気を強めてきいた。

「もう答えたよ。囚人の九十パーセントは、自分を無実だと思っているんだ」

「君も、その九十パーセントの中に入っているわけだな？」

「おれも囚人だったからね」

「それで、君は、今、復讐《ふくしゅう》をしているんだ。石を投げて、脅してだ」

「よしてくれよ」

と、小早川は、小さく手を振って、

「おれが、誰を脅してるというんだ？　おれは、亡くなった芸者の偲ぶ会をやった。誰も脅してなんかいないぜ。今度は、熱海と湯河原で、クラブをオープンする。おれとしたら、不景気で青息吐息の温泉町が、少しでも活気を取り戻してくれたらいいなと思って、有り金をはたいて、店を出したんだ。感謝して貰ってもいいと思っているくらいだよ」

と、声を大きくした。

「そのなけなしの金の出所も、はっきりして貰いたいんだがね」

と、亀井が食いさがった。

「また、その話ですか」

と、小早川は、大げさに肩をすくめて、

「前に答えたでしょう。競馬で儲けたんだと」

「競馬って、そんなに儲かるものなのかね？」

亀井がいうと、小早川は笑った。

「刑事さんは、バクチをやったことがないでしょう？　競馬もね。だから、わからないんだ。競馬で、全財産をすってしまう奴もいるが、競馬で家を建てる奴もいるんだよ。それがバクチなんだ。だから、やめられないんだよ。おれは、競馬で儲けた。もちろん、一文なしになることだって当然あったわけだ。幸運に恵まれて、おれは大金を手にした。それをおかしいという発想の方が、おかしいんじゃないのか」

「これは、水掛論だね」

亀井は、苦笑した。

4

十津川は、亀井を促《うなが》して、店を出た。エレベーターで、おりて、パトカーに乗ろうとすると、立花亜矢が、ひとりで降りて来た。

「どうしたんです？」

と、十津川が、声をかけた。

「ただ、これから帰るんですけど」

と、亜矢はいう。

「じゃあ、送りましょう」

「すいません。高台にあるんで、歩くのが大変なんです」

といい、亜矢は、パトカーに乗って来た。

車は藤木川沿いの道路に出て、まっすぐ、奥湯河原に向った。

途中、川にかかるK橋を渡って、急な坂道を登って行く。

マンションに着くと、亜矢は、

「コーヒーを、ごちそうしますよ」

と、いった。

十津川が迷っていると、亜矢は、

「雑誌記者として、刑事さんに、いろいろ、お聞きしたいんですよ」

といった。

「われわれも、問題のベランダを見せて貰いたいな」

と、十津川は、いった。

エレベーターで角部屋の１２０１号室に入った。

十津川は、ベランダを見て、

「なるほど、広いですね。三十畳くらいはあるのかな」

「それで、気に入って、借りたんですよ」

「ちょっと、見せて貰いますよ」

「その間にコーヒーをいれておきます」

と、亜矢は、いった。

十津川と、亀井は、ベランダに出た。

風が少し冷たい。

二人は、手すりにもたれて、周囲を見廻した。

「向うに、青山荘が見えますね。これなら、向うからも、確かに、こちらがよく見えますね」

「だから、青山荘の女将の証言が、六年前に、物をいったんだ」

「本当に、ここで、小早川は、六年前被害者を、殴ったんですかね？」

「カメさん」

「わかっています。六年前の事件は、静岡県警の所管でした」

部屋に戻ると、亜矢がコーヒーをいれてくれていた。

「十津川さんたちは、東京の警視庁の刑事さんでしょう?」

と亜矢がきく。

「そうです」

十津川が肯く。

「でも、六年前の殺人事件は、ここで起きたんでしょう。それなのに、どうして、東京の刑事さんが関心を持つんですか?」

「小早川さんから何も聞いてないんですか?」

「何をでしょう?」

「じゃあ、聞いてないんですね」

「教えて下さい」

「これは、あくまでも、決ったことじゃないんです。疑いの段階だということを念頭に置いて、聞いて下さい」

と、十津川はいった。

「ええ」

「今年の四月に小早川さんは、出所しています。その五ケ月後の九月七日に、東京で、五歳の幼女誘拐事件が起きました。二千万円の身代金が奪われ、人質は、無事でした」

「その誘拐事件に、小早川さんが関係しているんですか？」

亜矢がきく。

「今もいったように、彼を犯人と決めつけているわけじゃありません。今のところは、容疑者の一人です」

「でも、疑っているんでしょう？」

「われわれが、マークしているのは、金の流れなんですよ。今年の四月、出所した時の小早川さんの所持金が百万円以下だということは、わかっています。それがこちらに来てから、二店のクラブをオープンするなど、二千万円近い金を使っているんですよ。そんな大金をどうやって、手に入れたのか」

「刑事さんは、それが、誘拐事件の身代金じゃないかと思っているんですか？」

「その疑いを持っています」

「でも、小早川さんは競馬で儲けたといってましたわね」

「どうですか？」

「何がでしょう？」

「あなたが考えて、半年間で、二千万円も儲かると思いますか？　競馬で」

亀井がきいた。

「私は、競馬をやりませんから」

と、亜矢は笑った。

「若い女性から見た、小早川恵太という男は、どうなんですかね？　魅力があります
か？」

十津川が、冗談めかして、きいた。

亜矢は、コーヒーを一口飲んでから、

「そうですねぇ。六年前は、ずいぶん、女性にもてたと聞きましたけど」

「今の小早川恵太について、聞きたいんですがねぇ」

「ちょっと危ない」

と、いって、亜矢はクスッと笑った。

「危ないですか？」

「何だか、ケンカを売ってるような気がして仕方がないんです」

「わざと、ケンカを売ってるんじゃないかと」

「ええ」

「あなたにも、そう見えますか」

「刑事さんも、そんな風に見ていらっしゃるみたいですね」

「他に考えようがないことを、やっていますよ」

と、十津川は、いった。

「一つ考えていることがあるんですけど」

亜矢が、改まった口調で、いった。

「何を考えているのか、わかりますよ」

と、十津川は、いった。

亜矢は、びっくりした顔になって、

「わかるんですか？」

「ひょっとすると、六年前の殺人事件で、小早川恵太は、無実だったんじゃないかと、考えているんでしょう？」

十津川がいうと、亜矢は肯《うなず》いて、

「よくわかりましたわね」

「若い女性は、そんな風に、ロマンチックに考えたがるものです。無実の罪に苦しむ男というのは、女性の涙を誘いますからね」

と、十津川は、いった。

「私は、別に、涙なんか誘われてませんよ。純粋に、雑誌記者としての興味です」

と、亜矢は、いい返した。

「まあ、それは、どちらでもいいですが、あまり、先入観を持って、物事を見ない方が、いいですよ」

「先入観って？」

「小早川が、無実の罪だったという先入観ですよ。そんな眼で見ると、全て、甘くなってしまって、真実が、見えなくなってしまいますからね」

「刑事さんたちは、六年前の事件を調べ直す気はないんですか？」

と、亜矢が、きく。

「あの事件は、熱海市泉で起きたものです。つまり静岡県警の事件です。われわれが、あれこれいうことじゃありません」

「縄張り意識ですね」

「縄張りというのは、大事なものです」

「十津川さんみたいな人が、そんなことをいうのを聞くと、がっかり。縄張り意識なんかどうでもいいと、いって下さるかと思っていたのに」

と、亜矢は、いった。

「いうのは、簡単ですがね」

とだけ、十津川は、いった。

コーヒーの礼をいって、十津川たちは、マンションを後にした。

パトカーに乗り、熱海に向う。

「あの娘、小早川に惚れていますね」

「可哀《かわい》そうとは、惚れたってことよ——か」

「そうですよ。小早川は、無実の罪で六年も刑務所に入ってた可哀そうな男と思い始めているようですからね」

と、亀井は、いった。

「困ったものだ」

「困ったものです」

二人は、苦笑し合った。

5

熱海市のホテル・イーストに帰り、二人は、夕食をとった。

食事をとりながら、例の新聞に、眼を通した。

〈問題のクラブ「あい」いよいよ、明後日から、オープン〉

の見出しが、載っていた。

ただ、批判的な記事も、併せて載っていた。

記者の書いた記事は、こんなものだった。

〈市内番町のビルの五階に明後日クラブ「あい」が、オープンするが、このことについて、さまざまな噂《うわさ》が流れている。何しろ、クラブ「あい」というのは、六年前に殺された仁科あいさん（当時三五歳）が、やっていたクラブの名前である上、今回、オープンするこのクラブのオーナーが、六年前、仁科あいさんを殺した犯人なのである。記者が、オーナーのKさんに聞いたところ、亡くなった仁科あいさんの霊を慰《なぐさ》めるために、同じ場所、同じ名前で、店を、オープンさせるのだという答えだった。だが、記者は、その言葉をそのままに受けとることは出来ない。六年前にクラブ「あい」の常連だった人たちも、K氏の思惑を測りかねて複雑な気持らしい。その一人A・Kさんのところには、クラブ「あい」から、オープンの日に招待状が来ているという。そのA・K氏は、当惑した顔で、こういっている。顔を出したものかどうか、思案している。まあ、無難に、お祝いの花束でも贈っておこうかと思っていると〉

「やっぱり、関係者は、疑心暗鬼なんですね」

と、亀井が、いった。

「多分、六年前に、殺人事件の犯人として、小早川が逮捕された時、まわりの人間は、冷たかったんじゃないのかね。だから、六年の刑期を終えて、小早川が、帰ってきたとき、みんな、後めたい気持になったんじゃないかな。その上、小早川は、自分が殺したことになっている被害者仁科あいのやっていたクラブを再開するというんだ。ますます、薄気味が、悪くなっていると思うよ」

十津川が、いった。

「小早川は、そんなことも、計算に入れているんですかね？」

「彼が、どう思っているか、本音を知りたいな」

と、十津川は、いった。

6

いよいよ、クラブ「あい」のオープンの日になった。
十津川と、亀井は、まず、熱海市内の雑居ビルに行ってみた。
まだ、午後四時すぎなのだが、五階の店の前には、ずらりと、お祝いの花が、並んでいた。
それに添えられた名札には、熱海の名士の名前が並んでいた。
岡崎ホテル・サンライズ社長
本田熱海市会議員
沢口法律事務所
木村海産問屋社長
三浦商工会議所理事
「たいしたものだ」

と、十津川は、その名札を見て、苦笑した。

「全員、招待状を貰った人間じゃありませんか」

亀井が、いう。

「招待状は貰ったが、顔を出すのは、はばかられる。といって、行かなければ、恨まれる。それも困るというので、全員が、お祝いの花を贈って来たんじゃないのか」

「湯河原の店の前にも、今頃、同じように、ずらりと、花が、並んでいるんでしょうね」

第五章　盗品

1

「出かけるぞ」

湯河原派出所の若宮所長は部下の泉巡査に声をかけた。

二人は、自転車に乗った。この小さな町では、パトカーより、小廻りの利く自転車の方が、便利なこともあるのだ。

二人が、並んで、自転車を走らせていると、親子のように見える。

若宮には、泉巡査と同じ二十三歳の息子がいるのだが東京の大学を出ると、警察には入らず、小さなオモチャ会社に就職した。今、東京の練馬のマンションに住んでいる。

若宮は、ここ数日、泉巡査と、質屋廻りをしていた。

一ケ月近く前から、熱海と湯河原で、車上荒しが続発していた。高級車ばかりが、狙《ねら》われている。犯人は、まだ、わかっていない。

熱海も、湯河原も、住人が呑気《のんき》なのか、平気で、車を止めて、離れてしまう。車上荒しにとっては、天国なのだ。

盗《と》られたものは、いろいろだ。

カメラ、現金、ハンドバッグ、腕時計、古美術品、パソコン。何でも、盗っていく。

そうした盗品が、質屋に売り払われていないかの調査が、今、若宮所長に与えられた仕事だった。

『七楽』の前で、二人は、自転車をおりた。

この質屋は、若宮が、子供の時からあった。その頃の七楽は、おやじさんが一人でやっている小さな店だったが、息子の代になって鉄筋コンクリートの三階建のビルになっている。

若宮は、時々、退職したら、質屋をやろうかと思うことがある。

こんな不景気の時には、公務員が一番いいと思っていたのだが、今は、公務員でも、月給を下げられてしまう。

となると、不景気なほど儲《もう》かる質屋の方が、いいかなと思い始めているのだ。

入口を入る。

今のはやりで、一階は、リサイクルショップになっていた。

ガラスケースの中に、ブランドものの腕時計や、ハンドバッグなどが、ずらりと並んでいて、客が、沢山入っていた。

質入れは、二階なのだが、今の若い娘は、あっけらかんとしている。

二階で、男からプレゼントされたブランド物を売り飛ばし、一階で、別のブランド物を買って行くのだ。

「ここは、景気がよくていいね」

と、若宮は、店の主人の川原に、皮肉をいった。

川原は、まだ、三十七歳だが、髪がうすくなっている。

「その代り、景気が良くなれば、うちみたいな商売は、見向きもされなくなりますよ」

と、川原は、いった。

「今日も、台帳を見せて貰《もら》いたいんだ」

「どうぞ」

と、川原は、二人の警官を奥に案内しながら、

「まだ、車上荒しは、捕まらないんですか」

「ああ。ぜんぜん、正体が、わからん」

と、若宮は、小さく肩をすくめた。

川原が、部厚い台帳を取り出した。質屋に義務づけられた台帳である。

若宮が、ページをめくっていく。

台帳には、まず質入れされた品物の名称が記入される。

例えば、ロレックス（ゴールド）１９８６年製と書き製造ナンバーを書く。

その他、質入れした人間の名前、身分証明書のコピー、それと、指紋である。

若宮は、ここ一ケ月、車上荒しで奪われた品物を全て暗記していた。

だから、メモと照らし合わせの必要なしに、ページを繰っていく。

「この辺りで盗んだ物を、うちで質入れするとも思えませんがねえ」

と、傍から、川原がいう。

「まあ、そうだがねえ」

と、いいながら、若宮は、なおも、見ていったが、急に手を止めた。

「腕時計、コルム、クオーツ、色は黒、ナンバーは、４３５７８６。おい、そちらの

メモを見てくれ」

と、若宮は、泉巡査にいった。

「あります。腕時計、コルム、色は黒、ナンバーは435786です」

「同じだ」

と、若宮は、短かく、いった。

この腕時計は、熱海で、レストランの駐車場にとめてあったベンツの中から、盗まれたものだった。

電池が切れたので、グローブボックスに入れておいて、忘れてしまったのだという。

質入れした人間の名前は、小笠原卓。三十二歳。十月二十六日に質入れされていた。

熱海で盗まれたのが、十月二十三日だから、三日後に、湯河原で質入れされたことになる。

健康保険証の写しも、指紋も、のっていた。

「小田原の人間か」

「二十六日にふらりと入って来ましてね。湯河原へ遊びに来たんだが、財布を落としてしまった。これを預かって欲しいといって、無造作に、腕にはめていた腕時計を外したんです。別に、不審な点はありませんでしたがねえ」

と、川原は、いう。

「だが、熱海で盗まれた腕時計だよ」

と、若宮は、いった。

2

腕時計と、台帳のそのページのコピーを預かって、若宮たちは、派出所に戻った。

泉巡査に、腕時計を、熱海署に持って行かせ、台帳のコピーは、小田原署へ送った。

翌日の午前中に、問題の健康保険証は、紛失したものだという返事がきた。午後には、指紋の照合の結果が出た。不鮮明なため、照合できなかった、というのである。

若宮は、七楽の主人の証言から、犯人の似顔絵を作成した。

絵には、自信があった。

その似顔絵は、熱海署にも送られた。

「どうも、気になるな」

若宮は、腕組みをして、壁にかかった地図を見つめた。

湯河原と熱海の地図である。

「何がですか?」

と、泉巡査が、きく。

「車上荒しが始まったのが、一ケ月前だが、その頃、例の男が帰って来ているんだよ」

「例の男って? ああ、小早川のことですか」

「そうだよ」

「しかし、小早川は、犯人じゃありませんよ。顔も年齢も違います」

「わかってるよ。だが、小早川という男は、この車上荒しには、何か関係があるような気がして仕方がないんだよ」

と、若宮は、いった。

「小早川が、車上荒しを雇《やと》っているといわれるんですか?」

「かも知れん」

「しかし、何のためにですか?」

「わからんよ。ただ、小早川が来るまで、この湯河原は、静かで、平穏だった。熱海の方は、不景気で大変だったが、まあ、静かな温泉町だったんだ。ところが、小早川が、やって来てからは、がやがやと、騒がしくなってしまったし、熱海のホテルでは、殺人事件が起きた。しかも、殺されたのは、湯河原で、公認会計士をやっていた古木正道さんだよ。この犯人は、まだわかっていない」

「ええ」

「その上、車上荒しだ。証拠はないが、この犯人と、小早川は、何処かで、繫《つな》がっていると、睨《にら》んでいる」

若宮は、くどく、いった。

「六年前の殺人事件のことなんですが」

と、泉巡査が、いった。

「君は、いくつだった？」

「十七歳で、まだ、高校生です」

「じゃあ、事件のことは、よくわからんだろう？」

「でも、知っていますよ」

「あれは、寝ざめの悪い事件だった。殺されたのが、熱海と湯河原の両方に、店を持つクラブのママだったために、両方の町のお偉方が、疑われてね。怪文書も出たんだ」

「怪文書ですか」

「誰々と、そのママが、関係があるとか、実は、二人の間に隠し子がいるんだとか、彼女のために、一億円使った議員がいるとかね。うちの町長だって、彼女との関係を疑われたんだ」

「あの町長がですか」

「そうだよ」

と、若宮は、笑ってから、

「とにかく、犯人が見つかって、全員が、ほっとしたんだ。六年たって、みんなが、忘れかけたところへ、小早川が、帰って来た。おかげで、みんなが、ピリピリしている」

「おかしいですね。もうすんだ事件でしょう。どうして、今更、ピリピリするんですか？」

泉巡査は首をかしげた。

若宮は苦笑して、

「君は、若いな」

「どういうことですか？」

ちょっと、気色ばんだ。

「事件の時はな、犯人でない人間も、びくびくしていたんだ。何しろ、被害者が、色っぽい女だったから、政治家なんか、彼女との関係を疑われやしないかと、びくついていたのを、知っているんだ。今いったように、怪文書での中傷合戦もひどかった。その上、小早川が逮捕されると、ほっとしたのか、みんな、彼に対して、冷たかったね」

「冷たかったんですか？」

「ああ。みんな自分が可愛いから、警察に聞かれると、警察に迎合して、小早川の悪口をいった。そんな中で、唯一人、小早川を弁護して、彼は絶対に犯人じゃないといったのが、雪乃という芸者だった」

「ああ、それで、小早川は、彼女のために、熱海のホテルで、偲《しの》ぶ会をやったんですね」

泉巡査が、肯いた。

「しかし、小早川が、ただ、雪乃に感謝して、パーティを開いたなどと、誰も思ってやしないんだ」

と、若宮は、いった。

「じゃあ、何のための偲ぶ会だったんですか？」

「その証拠に、あの会の時、小早川は、熱海と、湯河原の有力者と呼ばれる人間に、招待状を出したんだが、その全員が、六年前の事件の時、警察に事情聴取を受けた連中なんだ。つまり、小早川を弁護しなかった人間なんだよ」

「いやがらせですか」

と、若宮は、いった。

「いやがらせだよ」

「それで、いやがらせなんですか」

「そうだ」

「当日、殺された古木さんも、その中の一人だったんですか?」

と、泉が、きく。

「もちろん彼も、招待状を貰っていた」

「でもおかしいですね」

「何がだ?」

「あのパーティに招待された人たちは、誰も、参加しなかったんでしょう?」

「当たり前だ。顔を出したら、小早川に、六年前の嫌味をいわれるのが、わかってるから、参加なんかするものか」

「それなら、なぜ、古木さんは、あの日、あのホテルに行ったんでしょうか？」

と、泉巡査が、いった。

「それなんだよ。誰もが、不審を感じた。もちろん、おれもだ。なぜ、行ったんだろうとね。しかも、殺されてしまった。もっとも、あの日、同じ階で、他のパーティも二つ開かれていたから、そっちのパーティに参加するつもりだったのかも知れないんだがね」

「その二つというのは、どんな会だったんですか？」

と、泉は、きいた。

「一つは、温泉と観光を考える会と、坂口貢太郎といって、温泉の研究を続けて来た大学の先生の古稀《こき》の祝いだ」

「古木さんは、どちらかの会に、招待されていたんですか？」

と、泉巡査が、きいた。

「いや。招待はされていなかった。ただ、古木は、事務所として熱海と湯河原のいくつかの旅館の経理を引き受けているからな。強いていえば、温泉と観光を考える会の方に、参加しても、おかしくはないんだ」

「でも、招待はされていなかったんでしょう？」

「それに同じ階で、小早川が、いやがらせのパーティを開いているのは知っていたわけですから、わざわざ、行くのは、不自然ですね」

「そうだよ」

と、泉は、いった。

「確かに、君のいう通りだがね」

「若宮さんは、どう思っておられるんですか？」

と、泉巡査が、きいた。

「どうといわれてもね。ホテル・イーストの殺人事件は、隣りの静岡県警の事件だからな」

「六年前の事件も、静岡県警の事件だったわけでしょう？」

「ああ。だから、いいたくても、遠慮することもある」

と、若宮が、いった時、電話が、鳴った。

受話器を取った若宮が、顔をしかめて、

「え？　また車上荒し――？」

若宮は、泉巡査を連れ、今度は、パトカーで、現場に急行した。

3

海岸沿いの埋立地に、現在、巨大なマーケットが出来ている。

ブランド物のハンドバッグから、植木まで、何でも売っているスーパーで、屋上が、駐車場になっている。

その駐車場で、車からカメラが、盗まれたというのである。

二人の乗ったパトカーは、１３５号線に出た。その通りの向う側が、問題のスーパーだった。

二階建の屋上に、あがって行く。

何十台もの車が、駐車していた。

その一角から、スーパーの人間が、パトカーに向って、手を振っている。

シルバーメタリックのベンツの横に、五十代の男が立っていた。

「私は佐伯涼といって――」

と、男が、いいかけると、若宮は、肯いて、

「よく存じています。確か経営コンサルタントの先生でいらっしゃいますね。町長主

催のパーティで、お見かけしています」

「そうか。知っているのかね？」

男は、嬉《うれ》しそうに、微笑した。

「カメラが盗まれたそうですね」

「ライカを、運転席に置いたまま、店へ行ってしまったんだ。戻って来ると、無くなっていた。ドアが、こじ開けられているから、明らかに、盗まれたんだ」

と、佐伯は、いった。

泉巡査は、若者の無遠慮さで、

「デジカメは、使われないんですか」

と、いった。

佐伯は、一瞬、むっとした顔になって、

「私はね。デジカメというのが、嫌いで、ずっと、ライカを愛用しているんだ」

と、いった。

「どんなライカですか？」

手帳を広げて、若宮が、きく。

「ライカM6、ボディは黒で、もう十年以上、愛用している」

と、佐伯は、いった。

「ナンバーは、わかりますか？」

「今は、わからん。あとで、知らせるよ」

と、佐伯は、いってから、

「ライカは、出てくるかね？」

「一連の車上荒しを調べているんですが、腕時計を質に入れた男が、わかりました。この男です」

と、若宮は、いい、持って来た犯人の似顔絵を見せた。

若宮は、似顔絵をスーパーの店員にも渡して、

「この男を見なかったか、聞いて廻ってくれ」

と、いった。

佐伯を見送ってから、若宮は、泉に向って、

「ラーメンでも食べていかないか」

と、誘った。

この埋立地には、巨大スーパーの他に、ラーメンのチェーン店や、ハンバーガーの店が並んでいた。

　二人は、ラーメン店に入った。

「犯人もしつこいですね。同じ犯人としてですが」

と、ラーメンを待つ間、泉巡査が、いった。

ねぎラーメンが、運ばれてきた。

若宮は、箸《はし》を動かしながら、

「おれはだな――」

「何です？」

「どうも、この事件は――」

と、いって、ラーメンを、口に運ぶ。

「何です？」

泉が、同じことをきく。

「食べ終ってから話す」

若宮は、夢中で、食べ終ると、一息をついてから、コップの水を飲んだ。

「車上荒しと、小早川とは、何らかの関係があると、思わざるを得ない。今のライカの盗難で、確信が強くなったよ」

と、若宮は、いった。

泉巡査は、まだ、箸を動かしている。

「さっさと、食え」

と、若宮は、いった。

泉は、やっと、箸を置くと、

「いいですよ。話して下さい」

「今まで、同一犯と思われる車上荒しが、熱海と湯河原で八件起きている。その中の二件を除いて、あとの六件は、狙われた人間が、六年前の殺人事件に、何らかの関係があった人たちなんだ」

と、若宮は、いった。

「今日、ライカを盗まれた佐伯さんもですか？」

「そうだ。彼も、六年前の事件で、事情聴取を受けている」

と、若宮は、いった。

「面白いですね」

泉巡査が、眼を光らせた。

「ああ、面白い」

「では、犯人と、小早川は、知り合いということになりますか？」

「おれは、何らかの関係があると思っている」

「六年前の事件の時、小早川は犯人として、逮捕されましたよね」

「そうだ」

「似顔絵の男は、事件の関係者の中にいたんですか？　その頃は、二十代だと思いますが」

と、泉が、いった。

「今、それを考えているんだ」

と、若宮は、怒ったように、いった。

「いくら考えても、似顔絵の男を、六年前の事件の時、見た記憶がないんだ」

「問題のクラブで、ボーイか、マネージャーをやっていたんじゃありませんか？」

「いや、違うな」

「違いますか」

「ボーイが一人と、マネージャーがいたが、二人とも、この似顔絵とは違う。初めて見る顔だよ」

と、若宮は、いった。

「すると、小早川とはどういう関係なんでしょうか？」

「今もいったように、おれは、二人は、つるんでいると思っている。それに、小早川は、殺人事件で、六年の刑期をすませた男だ。だから、二人は、刑務所の中で知り合ったと思ったんだが」

「車上荒しの男には、前科はありません」

「そうなんだ。だから、小早川が、刑務所を出てからの知り合いだと思うんだがね」

「小早川が、出所してから、どのくらいたっているんですか？」

「確か、小早川が出所したのが、今年の四月三十日で、ここに現われたのが、十月初めだから、五ケ月たっているわけだが」

「五ケ月ですか――」

と、泉巡査は、仔細《しさい》ありげに、考えていたが、

「今、閃《ひらめ》きました」

「何だ？」

「小早川という男については、私は、怪しい人物だと思っていたのです」

「一人前の刑事になったような口振りだな」

と、若宮は、笑った。

「一番怪しいのは、金です」

「つまり、偲ぶ会をやったり、クラブを二店オープンするような金を、どうして持っていたのか、おかしいということなんだろう？」

「ご存知だったんですか？」

「誰だって、怪しむよ」

若宮は、また、笑った。今度のは、苦笑だった。

「事情聴取はやらないんでしょうか？」

「本庁の刑事さんが、話を聞いたらしい」

と、若宮は、いった。

「何で、本庁が、調べているんですか？」

「そんなことは、知らんよ」

「それで、小早川は、何と答えたんでしょう？」

「競馬で儲けたと答えたらしい」

「そんなの嘘《うそ》に決ってるじゃありませんか。そんな答で、本庁の刑事というのは、満足したんですかねぇ」

「君は、どう思うんだ？」

と、若宮は、きいた。

「私は、犯罪の匂《にお》いを感じますね」

泉巡査は、したり顔で、いった。

「どんな犯罪だ？」

「大金が手に入ることです。銀行強盗かも知れないし、サギかも知れません。似顔絵の男は、その犯罪の相棒だと思います」

と、泉巡査は、いった。

「相棒か」

「そうです。まあ、弟分かも知れません。兄貴が、湯河原へ来てしまったんで、弟分の男も、兄貴をしたって、ここへやって来た。ただ、定職を持たないので、湯河原と熱海を股《また》にかけて、車上荒しをやっているんじゃありませんかね」

「もっともらしいが――」

と、若宮が、いった時、携帯電話が鳴った。若宮が、応答する。

「え？　また、盗品ですか？」

二人は、派出所に戻り、送られてきたFAXを、手に取った。

〈S社製マイクロレコーダー　1990年製　当時の定価十二万円　現在製造中止

NO 285536
十月二十日午後、熱海のホテル・イーストの駐車場に駐めたベンツの運転席から、盗まれたと思われると、湯河原土肥の公認会計士　古木正道氏未亡人から調査要請あり〉

「この古木正道って、例の偲ぶ会で殺された人間でしょう?」
泉巡査が、FAXを覗《のぞ》き込んで、
と、若宮は、声をあげた。
「何だい?　こりゃあ」

と、大きな声をあげた。

「そうだよ。今になって、未亡人が、思い出したんだろう」

「1990年製のマイクロレコーダーなんて、ずいぶん古いものですね」

「十年以上も前のものだ。だから、製造中止になっているんだろう」

「それにしては、ひどく高価なものだったんですね」

「君は、明日、休みだったな?」

「そうですが――?」

「秋葉原へ行って、それと同じマイクロレコーダーを見つけて買って来てくれ。当時十二万円なら、今は、五万円くらいになっているだろう」

と、いって、若宮は、五万円を財布から取り出して、泉に渡した。

「五万円より高かったら、どうしますか?」

「その時は、君が出しておいてくれ。あとで、返すよ」

と、若宮は、いった。

泉巡査は、ぶつぶつ文句をいっていたが、

「わかりましたが、何でそんなに熱心なんですか?」

と、きいた。

「妙に引っかかるんだよ。殺された男のものだということもあるし、なぜ、今になって未亡人が、届けたかということも、引っかかるんだ」

「でも、あの殺しは、静岡県警の所管ですよ」

「だが、殺されたのは、湯河原の人間だし、この盗難届はここで出されているんだ」

と、若宮は、いった。

4

翌日、泉巡査は、休みを取って、秋葉原に行った。

次の日、出勤すると、泉巡査は、買って来たマイクロレコーダーを、若宮の前に置いた。

手帳大の大きさだった。テープも、3×5センチくらいの小さなものである。

「当時としては、ステレオ音声で録音できる優秀なもので、性能の良さは、専門誌でも賞讃されたそうです。ただ、高価すぎたので、多量には、売れなかったと聞きました」

と、泉巡査は、いった。

「金は足りたか？」

「丁度、五万円でした。所長は、これで何をするつもりなんですか？」

「まず、古木未亡人に会う。一緒に来るか？」

「もちろん、ご一緒します」

と、泉巡査は、応じた。

二人は、土肥地区にある古木邸に向った。

会計事務所の隣りに自宅があった。

その応接間で、古木未亡人に会った。

若宮は、買ってきたマイクロレコーダーを、古木恵子に見せた。

「問題のマイクロレコーダーは、これと同じものですか？」

と、きくと、恵子は、手に取った。

「ええ。色は違いますが、同じものです」

「ご主人は、いつ頃、お買いになったんですか？」

「十年ほど前だったと思います。主人は、新しいもの好きで、その時も、多少高いが、性能がいいといって、買って来たんです」

「十月二十日も、ご主人は、これを持って、出かけたんですね？」

「はい」

「中にテープは入っていましたか？」

「いつもテープは入れていましたけど」

「あの日、ご主人は何処へ行くと、いっておられたんですか？」

若宮が、きくと、恵子は、考え込んで、

「同じことを、静岡県警の刑事さんにも、聞かれました」

「そうでしょうね」

「確か、主人は、大事な用事で、出かけてくるといったのは覚えているんですけど、行先は、いわなかったんです」

「熱海のホテル・イーストということは、聞いていなかった？」

「ええ」

「このレコーダーは、十年前に、買ったわけですから、六年前にも、当然、お持ちになっていたわけですね？」

「ええ。その頃も、使っていましたわ」

「六年前の殺人事件のことは、覚えていらっしゃいますか？」

「クラブのママさんが殺された事件でしょう。もちろん覚えていますわ。主人も、警察から、事情を聞かれましたから」

「その時、ご主人は、何かいっていませんでしたか？」

「自分は無関係だといっていました。その通りに、犯人が、逮捕されましたけど」

「録音したテープは、全部、取ってあるんですか？」

「主人は、几帳面《きちょうめん》な人ですから、全部、取ってありますわ」

恵子は、それを見せてくれた。

なるほど、十年前から、年度別に、整理されている。

「これ、六年前の事件の時、警察へ提出しましたか？」

「いいえ。なぜ、提出しなきゃいけないんです？」

恵子は、やや、切り口上で、いった。

「そりゃあ、そうですが、六年前のところは、五本とありますが、四本しか、テープがありませんね」

「ほんと。一本失くなっている。どうしたんでしょう？」

恵子も、首をかしげた。

「他は、全部、書き込みの本数通り入っています。六年前のものだけ一本不足です」

「ええ」

「どうしたんですかね？」

「私にも、わかりませんわ」

恵子は、当惑した顔になっていた。

「小早川という男のことを、ご存知ですか？」

と、若宮は、きいた。

「その人って、六年前、犯人として逮捕された方でしょう？」

「そうです。その人間が、今、湯河原に帰って来ています」

「ええ。それも、主人に聞きましたけど」

「ご主人は、小早川のことを、何といっていました？」

「なぜ、帰って来たのかなって、不思議がっていましたわ」

「他には、何かいっていませんでしたか？」

「それだけですけど」

と、恵子はいってから、

「マイクロレコーダーは、主人が、大事にしていたものなので、何とか、見つけ出して下さい」

と、いった。

それだけ聞いて、二人は、再び、自転車で、派出所に戻った。

若宮は、マイクロレコーダーを、机の上に置いて考え込んだ。

「この小さなテープで、六十分と、百二十分両方の録音が出来る。当時としては、秀《すぐ》れものだったんだ」

「だから、高いんですよ。十年前頃は、小型テープレコーダーといっても、まだ大きくて、二万円から四万円だったそうです。その三倍から六倍の値段ですから、S社が、それだけ、自信があったんだと思いますよ。小さいし、音質はいいし、集音力も高かったと思います」

と、泉巡査も、いった。

「あまり数は出なかったといったな？」

「主に、ミュージシャンとか、私立探偵なんかが買ったそうです」

「私立探偵か」

「そうです」

「どんどん、妙な具合になっていくなあ」

と、若宮は、いった。

「例の似顔絵の男が、盗ったんでしょうか？」

「手口は、同じだよ。高級車の車内から、盗んでいく。しかしなあ」

と、若宮は、首をかしげて、

「秋葉原で、五万円で、売っていたんだろう」

「未使用でです。長年使用していれば、二万円、いや一万円ぐらいの値打ちじゃありませんか」

「そんなものを、なぜ、盗んだのかな？　ライカや高級腕時計なら、わかるが」

と、若宮は、いった。

「でも、盗まれています」

と、泉巡査は、いった。

「そうだ。盗まれている」

と、若宮も、いった。

第六章　襲撃

1

　十津川は、東京に戻った。

　もう一度、九月七日の誘拐事件について、東京で、考える必要を感じたからだった。

　亀井を、残したのは、やはり、小早川を、誘拐事件の第一容疑者と見ていたからだった。

　捜査本部に戻ると、西本刑事から、捜査の進展状況を聞いた。

「さして、進展しておりません。今、一番のネックになっているのは、人質だった金次まさ美の家族です」

　と、西本は、いった。

「どうネックになっているんだ？」

「特に、祖父の正之の方が、捜査に非協力的で、困っています。もう、あの事件については、忘れたいの一点張りです」

「五歳の幼女が、誘拐されたんだから、無理もないが、両親はどうしてるんだ？」

「あの会社の実権は、完全に正之が握っていて、長男の卓は、営業部長にしか過ぎません。おたおたして、正之の顔色ばかり窺《うかが》っていますよ」

「じゃあ、祖父の金次正之に会いに行こうじゃないか」

と、十津川は、いった。

本社で、金次社長に会うことにした。

「身代金の二千万なんか、金次社長にとって、端《はし》た金だといってました。そんな端た金なんか、惜しくはない。むしろ、事件のことが、むし返されて、孫娘の心が傷つく方が怖いといっていますよ」

廊下を歩きながら、西本が、いった。

「端た金か」

「何しろ、年商九十億円で、この不景気に、この会社は、年々、利益を増加させていますからね」

「だが、身代金は、戻らなくてもいいというのは、変っているな」

「変人ですよ」

と、西本は、いった。

2

これで会うのは三回目である。最初から、金次は、警察に協力的とはいえなかった。

誘拐事件では、人質の家族は、警察に対して、二つの反応をする。

警察に、何もかも委《まか》せる家族と、逆に、警察が介入すると、人質が殺されてしまうからと、拒否する家族だ。

金次は、後者だった。

身代金の支払いの時も、警察が、尾行したりしたら、人質が殺されてしまうといって、拒否した。

ここまでは、よくあることなのだ。十津川は、こういう家族に、以前の誘拐事件で、会ったことがあるからだ。

ただ、人質が、無事に釈放されたあとの態度は違ってくる。人質が無事とわかると、全ての家族は、一刻も早く、犯人を捕らえてくれ、身代金を取り返してくれというものなのだ。そこが、今回の金次正之は、違っている。

金次は、今日も、不機嫌な表情で、十津川を迎えた。

「犯人が捕まらないのを、私のせいにしないで貰いたいな。それは、警察が、だらしがないからだろう」

と、金次は、いきなり、いった。

「誘拐事件の場合、人質が、釈放されたとしても、それで事件は解決したことには、ならんのです。犯人を逮捕し、身代金を取り戻して、初めて、解決したといえるんですよ」

と、十津川は、いった。

「それは警察の論理でしょう。当事者の私としては、孫のためにも、一刻も早く忘れたいのですよ。誘拐され、人質になっていたということは、五歳の子供のトラウマになりますからね。これ以上、事件のことを思い出させたくないのですよ」

金次が、いう。

「お気持ちは、わかりますが、われわれは、お孫さんに、これ以上、話を聞く気は、ありません。あなたに協力して頂きたいのですよ」

と、十津川は、いった。

「しかし、私は、犯人にいわれた通りに二千万円の身代金をいわれた場所に置いてきただけで、犯人に会っているわけじゃないんですよ。それに、犯人の声も、変声器を通しているから、本当の声は、わからないと、警察の方も、おっしゃったじゃありませんか」

「しかし、犯人と、あなたとの会話のテープを聞くと、確かに、犯人の声は、変声器を通しているので、本当の声とは思えませんが、犯人の言葉は、事実です。それと、その中に、こんな、あなたとの会話があります」

十津川は、手帳を取り出して、その部分を読んだ。

犯人「要求は、二千万円だ。あんたにとっちゃ端た金だろう。あんたは、そのくらいの金を、おれに黙って払うだけの恩義がある筈《はず》だ」

金次「何のことかわからないがね」

犯人「わからないだと！　孫を殺すぞ！」

金次「それだけは、止《や》めてくれ。二千万円は、すぐ払う」

犯人「それでいいんだ。警察には、絶対にいうなよ。お前のためにもならないことだからな。お前は、黙って、おれのいう通りに動けばいいんだ。あの時のことを忘れずにだ」

「私は、何のことかわからないといっている。妙な勘ぐりは、止めて貰いたいですな」

と、金次は、いった。

「しかし、犯人は、再三にわたって、あなたと関係があって、二千万円を払うだけのわけがあるようなことをいっています。ひょっとして、金次さんは、犯人について、思い当たることがあるんじゃありませんか？」

十津川がきくと、金次は、険しい眼付きになって、

「そんな筈がないでしょう。犯人についてなんか、何の心当たりもありませんよ」

「それでは、この写真と、似顔絵を見て下さい」

十津川は次に、三人の男の写真と、二枚の男の似顔絵を見せた。

「何ですか？　これは」

と、金次が、眉《まゆ》を寄せる。

「容疑者たちです。この中に、知っている顔はありませんか？」

と、十津川は、きいた。

五人の中には、小早川の顔写真もあった。

最初、小早川は、五人の容疑者の中の同列の一人でしかなかった。

しかし、今、十津川の頭の中で、小早川は、最有力の容疑者になっていた。

「とにかく、よく見て下さい」

と、十津川は、いいながら、金次の反応、特に、小早川の写真に対する反応を、注視していた。

「全く、見たことのない男たちですよ」

と、金次は、いって、五枚を、突き返した。

「では、あとで、思い当たることが出て来たら、すぐ、連絡して下さい」

十津川は、そういって、ひとまず、社長室を出た。

「どう思われました？」

パトカーに戻る途中で、西本が、きいた。

「一秒だ」

と、十津川は、いった。

「何のことです？」

「金次が、五人の写真と似顔絵を見ている時、一枚について何秒かかるか、私は、カウントしてたんだよ。他の四人については、一人について、五秒から六秒かけているが、小早川の写真は、一秒しか見ていなかった」

「おかしいですね」

「自分の感情を読まれるのが、怖かったんだと思うね」

「それでは、誘拐犯は、小早川ですか？」

「多分ね。だが、今のところ、証拠はないし、小早川と、金次の関係も、不明だ」

と、十津川は、いった。

捜査本部に戻ると、十津川は、亀井に、連絡を取った。

金次に会っての印象を伝えてから、

「そちらで、何か、進展は、あったか？」

「妙な話があります。ここ一ケ月余り、熱海と、湯河原で、車上荒しが、頻発《ひんぱつ》しているというのです」

「一ケ月前からというと、小早川が、現われてからというのと一致するな」

「そうなんです。それで、私は、湯河原派出所の若宮という所長に会いました。犯人が盗品を、湯河原の質店で、換金しないかと、質店を一店ずつ調べて廻っていると聞いたからです」

「ちょっと待てよ。犯人が、地元で、換金するかね？」

「私も、そう思いましたが、犯人は、湯河原の七楽という質店で、換金しているんです。名前も身分証明書もインチキでしたが、似顔絵は出来ました」

「それで？」

「若宮所長は、この犯人と、小早川がつるんでいるのではないかと、疑っているようです」

「理由は？」

「勘だと、いっていました」

「すぐ、その犯人の似顔絵を送ってくれ。前科はあるのか？」

「ありません。今、FAXで送っています」

と、亀井は、いった。

一枚の、似顔絵が、送られてきた。三十代のその男の顔を、十津川は、見つめた。

3

十津川は、その似顔絵を何枚もコピーして、西本たちに配った。

「小早川が、四月三十日に出所してから、十月に、熱海、湯河原に行くまでの約五ケ月間を、もう一度、徹底的に追跡してみてくれ。前に、誘拐事件との関係を調べた。その結果、証拠はつかめなかったが、容疑は、出てきた。今度は、この男だ。問題の五ケ月間に、小早川と、どこかで、つながっていたのではないか。それを調べてもらいたいのだ」

「それで、何かわかるんですか？」

と、西本が、きいた。

「多分、小早川が、何を企《たくら》んでいるのか、わかるんじゃないかと思っている」

と、十津川は、いった。

しかし、この時、彼に、確信があるわけではなかった。とにかく、十津川は、調べたい、調べる必要があると思ったのだ。

六人の刑事たちが、小早川の五ケ月を、再び、追うことになった。

4

その作業を部下に委せて、二日後、十津川は、亀井のところに戻った。

今の小早川が、熱海と湯河原で、何かを企んでいることは、察していたが、それが、差し迫っているのではないかと、思ったからだった。

熱海に着くと、すぐ、亀井に会った。

昨日から、今日にかけて、寒さが、強くなっているが、それでも、熱海は、東京に比べれば、はるかに、暖かかった。

二人で、海岸通りを歩く。

ホテル・イーストの前まで来る。

「十月二十日に、ここで、殺された古木正道という男のことだが、静岡県警は、何かつかんだようかね？」

と、十津川が、きいた。

「容疑者は、まだ、浮かんでいないようですが、小さな発見が、一つありました」

「どんなことだ？」

「殺された古木は、十月二十日に、自分の車で、ホテル・イーストに来たわけですが、未亡人が、その時、夫の車には、十年以上使っていた小型のテープレコーダーが、置いてあった筈だといい出しているんです」

「つまり、車上荒しか」

「そうです。問題の十月二十日の夜、殺された古木の車から、マイクロレコーダーを盗まれていたことになります」

「十年以上使っていたマイクロレコーダーだというのか？」

「当時、S社が開発したマイクロレコーダーで、高価で、性能が良かったそうです。それを、古木は買い求めて、ずっと使っていたんです」

「六年前の殺人事件の時もか」

「そうです」

「面白いな」

「同時に、小さなテープも、なくなったそうです」

「なお更、面白いな」

と、十津川は、いってから、

「二十日に、なぜ、古木が、ホテル・イーストの、しかも小早川が主催した会場で殺

ない。

三十代のバーテンが、カウンターの中にいた。

平山は、ご機嫌で、たちまち、酔っ払い、本田も途中から、警戒心がゆるんで、泥酔してしまった。

二人が、店を出たのは、十一時を過ぎていた。平山を自宅マンションに送ったあと、本田は、旅館街に入って行った。

その外れに、彼の家があった。景気のいい頃は、この時間になっても、どんちゃん騒ぎの賑《にぎ》やかな音が聞こえてきたものだが、今は、ひっそりと、静かである。

本田は、ふいに、背後に、足音を聞いた。なぜか、ぎょっとして、振り向いた。

だが、人の姿はない。足音も消えてしまった。また歩き出すと、再び足音が聞こえた。

怖くなって、本田は、近くの路地に飛び込んだ。

その途端、正面から、何かが、振り下ろされてきた。

文字通り、眼から火花が散って、本田は、ぶっ倒れた。

倒れたところを、二、三回蹴飛《けと》ばされ、本田は、気を失った。

気がついたのは、S病院の病室だった。

妻の伸子と、ホテル・サンライズのオーナー岡崎の顔が、並んで、本田をのぞき込んでいる。

「病院から聞いて、驚いて、飛んで来たんですよ」

と、伸子が、いえば、岡崎の方は、

「私は、奥さんから聞いてね。何があったんですか？」

「いきなり、殴られたんですよ。物騒な世の中になったものです」

と、本田は、いった。

「犯人は見たんですか？」

「暗がりから、いきなりですからね――」

と、いってから、本田は、痛さに眉をしかめた。鎮痛剤が切れたのかも知れない。

看護婦が来て、血の滲《にじ》んだ包帯を取りかえながら、

「金属バットで殴られたみたいですよ」

と、いった。

熱海署の刑事が、やって来た。

「あなたで、二人目ですよ」

と、その刑事は、いった。

「昨夜、湯河原でも、一人、襲われたんです」

刑事が、付け加えた。

「湯河原の北さんという人が、いるんです。観光協会の理事をしている方ですが」

「北さんなら、よく知っていますよ。私も、市議会で、観光開発の委員をやっていたので、何回か会っています。あの北さんが、どうして、誰に？」

本田が、驚いて、きいた。

「犯人は、わかりませんが、昨夜、おそく、湯河原のクラブ『あい』で飲んで帰宅の途中、何者かに殴られましてね。それを、病院にも行かず、警察にも届けなかったんです。今日になって娘さんが、警察に届けたんですよ」

「なぜ、北さんは、クラブ『あい』なんかに行ったんだろう？」

「わかりませんが、あなたも、熱海の同じクラブに行かれたんでしょう？」

「まあ、そうですがね」

「病院に聞いたんですが、本田さんは、殴られただけで、何も盗られていない。北さんも、そうなんですよ。それで、同じ犯人ではないかと、考えているんですが、思い当たることはありませんか？」

刑事にきかれて、本田は、あわてて、大きく首を横に振った。

「ありません。全くありませんよ」

「小早川恵太は、ご存知ですね？」

と、刑事が、きく。

「もちろん知っていますが――」

「あの男が、やって来てから、立て続けに、事件が起きています。ホテル・イーストでは、殺人事件が起きるし、車上荒しは頻発するし、今度は連続傷害事件です。上司は、六年前の殺人事件が、尾を引いてるんじゃないかといってますが、あなたはどう思われますか？」

と、若い刑事が、きいた。

「六年前の事件は、もう決着がついてますからねえ。関係ないと思いますよ」

「北さんと、お知り合いだといわれましたね」

「ええ」

「ホテル・イーストで殺された古木さんは、どうですか？」

と、刑事が、きく。

本田は、用心深く、

「名前は、知っていますよ。湯河原で、大きな会計事務所をやっていて、熱海のホテルでも、あの事務所に、経理事務を依頼している人がいますから」

と、いったとき、部屋の電話が鳴った。

妻の伸子が、取ってから、

「あなたにですって」

と、受話器を、本田に渡した。

本田が、受け取った。

「もし、もし」

「警察にベラベラ喋《しゃべ》るなよ。そんなことをしたら、殺すぞ!」

ドスの利いた男の声が、いきなり、それだけいって切ってしまった。

本田が、呆然《ぼうぜん》としていると、伸子が、

「どうしたんです?」

「どうしたんですか?」

と、刑事も、きいた。

「警察に喋るなと脅かされて――」

呆然としたまま、本田は、いった。

「相手は、何者ですか?」

「わかりません。全くわかりません」

「犯人じゃありませんか？」

「わかりません。殴った犯人の顔も知らないし、声も聞いていないんですから」

「どんな声でした？」

「低い、いわゆるドスの利いた声でしたが――」

「ヤクザかな」

「ヤクザなんかに、知り合いはいませんよ」

と、本田は、強く、いった。

前に、ヤクザと関係があるのではないかと、週刊誌に書かれたことがあったからだった。

刑事と、妻の伸子が、帰ったあと、ホテル・サンライズのオーナー岡崎一人が、話があるといって、病室に残った。

岡崎は、ポケットから、ガムを取り出して、クチャクチャ噛《か》み始めた。

「禁煙ガムだよ」

「吸ってたかな？」

と、本田は、きいた。

「前は、かくれて吸ってたが、今は、かくれても吸えなくなったんでね」

と、岡崎は、笑ったが、すぐ、まじめな顔付きになって、

「どうも、最近、物騒でね」

「同感だ」

「その原因は、小早川だ」

「それも同感だ」

「いるだけで、うるさくて、いらいらする」

「だからといって、追い出すわけにもいかないだろう。ちゃんと、務めを果して出て来た人間だからね」

「となると、力ずくで、追い出すしかないと、いうことになる」

と、岡崎は、いった。

「それで？」

「あんたの友人に、K組の松浦明という男がいるね。K組の幹部だ」

「友人じゃないよ」

「向うは、友人だといっているが、まあいい。その松浦に、頼んだんだ。小早川を追い出してくれとね。私のいうことは聞かないというので、あんたが、そうしてくれと

いっていると、伝えておいたよ」

と岡崎は、いった。

「よしてくれ。私は、関係ない」

「あんたは、私に、恩義がある筈だよ」

「そりゃあ、選挙の時には、助けて貰ったが――」

「大丈夫だよ。小早川を殺してくれと、頼んだわけじゃないんだ。ただ、熱海、湯河原から、追い出してくれと、頼んだだけだよ」

岡崎は、小さく笑った。

「面倒なことにはならないだろうね？　私の政治生命が失われるようなことは、絶対に困るよ」

と、本田は、険しい表情で、いった。

岡崎は、また笑って、

「追い出してくれといっただけだといったじゃないか。それに、松浦という男は、その道のプロなんだろう。私や、あんたの名前は出さずに、あっさりと、小早川を追い出してくれるさ」

と、いった。

「それで、安心出来るんだろうか？」

「ああ。大丈夫だ。六年前だって、全く丸くおさまったじゃないか」

6

翌日の夕方、小早川は、藤木川のほとりの舗道を、奥湯河原に向って歩いていた。

川の反対側に、老人ホームがあるせいで、朝や夕方に、そこの老人が、橋をわたって、散歩に出てくる。

犬の散歩に、この舗道を使う人もいる。

小早川は、ふと、立ち止まった。

手すりにもたれて、暮れなずむ川面《かわも》に眼をやった。

煙草をくわえて、火をつけた。

川面を見ながら、左眼の端で、一人の男の姿を捕えていた。

二十代の男で、スニーカーに、サファリジャケットという恰好《かっこう》をしている。

前に会った時は、警官の服装だった。間違いなく、湯河原派出所の若い警官だ。

今日は、非番なのに、職務熱心に、尾行をしているらしい。

小早川は、煙草をくわえたまま、歩き出した。彼の泊まっている奥湯河原の青山荘まで、追ってくるつもりなのだろうか。

前方から、ラブラドールをつれた少年が、やってくる。すれ違うと、今度は、カップルの姿が、見えた。

今夜は、暖かいので、夕方の散歩を楽しむ人間が、多いのだろう。

カップルは、身体をぶっつけ合いながら、ゆっくり歩いてくる。

(じゃれてやがる)

と、小早川は、苦笑した。

だんだん、近づいてくる。

(おや?)

と、思ったのは、カップルが、近づきながら、つないでいる手を放したことだった。

夕暮れの中でも顔立ちがわかるまで近づいた瞬間だった。

男の右手が、素早く動いた。その先に、キラリと光るものが見えた。

(ナイフ!)

と、思った瞬間、小早川は、反射的に、指で、相手に向って、煙草をはじき飛ばしていた。

赤い火のついた煙草が、男に向って、飛んでいく。同時に、男の持つナイフの先が、小早川の左腕の上膊部《じょうはくぶ》を切り裂いた。

二人が、小さい呻《うめ》き声をあげた。

男は、ナイフを川に投げ捨て、片手で眼をふさいで、よろめいた。が、そのまま、歩いて行く。

連れの女が、あわてて、その後を追った。

小早川は、右手で、手すりにつかまった。

左腕は、ほとんど痛みを感じないのに、手首から、血が、滲み出てきている。

泉巡査が、飛んできた。

「すぐ、救急車を呼びます」

「救急車？」

と、小早川は、おうむ返しにいってから、

「そうだな。呼んでくれ」

と、応じた。

少しずつ、痛みが、意識されだした。

上衣の袖《そで》の上部が、鋭く切り裂かれているのが見えた。
五、六分して、救急車のサイレンが、聞こえてきた。
小早川が、救急車で運ばれたのは、奥湯河原の入口にある厚生年金病院だった。

すぐ、止血処置が、とられた。

「深く切れていませんから、大丈夫ですよ」

と、手当てをした看護婦が、いった。

その間にも、急病人が、次々に運ばれてきた。手当てをすませた小早川は、診察室の隅に追いやられてしまった。

一緒についてきた泉巡査は、椅子《いす》を持って来て、小早川の隣りに腰を下した。

「これが、小早川さんを刺したナイフです」

と、手袋をはめた手で、ナイフを示した。

刃先が、七、八センチのものだった。刃先に、赤黒く、彼の血が、付着していた。

「おれの血か」

「何か思い当たることはありませんか？　命を狙われることですが」

と、泉巡査は、真剣な眼つきで、いう。

「ないよ」

「でも、刺されたじゃないですか？」

「刺されたんじゃなくて、切られたんだ」

「違うんですか？」

「最初から、おれを殺す気なら、突き刺すつもりで、身体ごと、ぶつかって来るさ。だが、さっきの男は違う。おれを、脅すつもりだった」

「脅かすつもりでもいいですが、心当たりは、あるんですか？」

「それなら、いくらでもあるさ」

と、小早川は、笑った。

湯河原派出所の若宮所長が、入って来た。若宮は、部下の泉巡査に小さく手を上げてから、近づいて来て、

「とんだ災難でしたね」

と、小早川に、いった。

「ああ」

「今、川ざらいして他に物証がないか探しています。暗いのでなかなか……」

「そうでしょうね」

小早川は、他人事みたいに、肯いた。

「用心のために、泉巡査をつけておいたんですが」

と、若宮は、いう。

小早川は苦笑して、

「この坊やは、おれの用心棒だったの？」

「あなたの周囲で、やたらに事件が起きる。次は、あなたが、狙われるんじゃないかと思いましてね」

「つまり、あんたの読みが当たったわけか」

「不幸にも当たりました。それで、犯人に、思い当たることはありませんか？」

「知らない顔だったね。だが、向うは、おれを知っていた。ということは、誰かに頼まれて、おれを狙ったということだろうね」

と、小早川は、いった。

「その頼んだ人間に、心当たりは？」

と、若宮がきく。

「今、この坊やにもいったんだが、思い当たることはいくらでもありますよ。おれのことを、煙たがっている人間は、この湯河原にも、隣りの熱海にも、いくらでもいる。その連中が、おれを脅そうとしたんじゃないかと思いますがね」

「その連中って？」

「それは、あんたの方が、よく知ってるんじゃないの」

と、小早川は、笑った。

第七章　記事

1

小早川の東京での五ケ月を追っている西本たちは、七月三日の夜に、巣鴨《すがも》で起きた事件に注目した。

ＪＲ巣鴨駅近くの飲み屋街で、午前一時すぎにケンカがあった。

雑居ビルの地下にあるスナックだった。ここで、二十五、六歳の男が、ひとりで飲んでいた。初めて見る顔だった。

そこへカップルが入って来た。

ママの顔見知りの二人だが、歓迎できない客だった。

男の名前は、三浦、女は、ケイと呼ばれていた。

二人は、酔って騒ぐ。他に客がいると、わざとからむ。からまれた方は、三浦が一見弱そうに見えるので、ケンカに応じてしまう。ところが、三浦は、巣鴨駅周辺を根城《ねじろ》にしている暴走族あがりのグループの一員で、何かあると、四、五人がすぐ集ってくるのだ。

そして、相手を、ボコボコにして、金を奪う。いわば、札付きの悪《わる》だった。

この夜も、例によって、女のケイが、ひとりで飲んでいた男に、からみ始めた。男は、相手が女なので、最初は、笑っていたが、今度は、三浦が、おれの女をからかったといって、男に、からみ始めた。いつもの手なのだ。

ママは、男に向って、早く帰りなさいと目配せしたが、三浦たちが怖いので、口に出してはいえなかった。

ママの心配が、現実になって、男が怒り出してしまった。

三浦が「外に出ろ！」と男にいう。二人が外に飛び出すと、ケイが、待っていたとばかりに、携帯で、仲間に連絡する。

このあと、どうなるかは、ママには、よくわかっていた。駆けつけてくるのは、ケンカ馴《な》れした連中である。男が半殺しの目にあい、三浦たちは、戦利品の財布やキャッシュカードを手に店に入って来て、気勢をあげるのだ。

被害者の方は、後が怖いので、めったに警察に連絡しない。

ところが、この夜は、予想が外れた。十五、六分して、店に戻って来たのは、連れて行かれた男の方だった。

中年の男が、一緒だった。ママは、その男に見覚えがあった。三回ほど、飲みに来たことのある男だった。

「それが、小早川だったんです」

と西本は、十津川に報告した。

「もう一人の若い男が、例の似顔絵の人間だったのか？」

「店のママに、似顔絵を見せたところ、間違いないといっています。この時小早川は、巣鴨駅近くのビジネスホテルに泊まっていて、飲みに来て、ケンカにぶつかり、若い男を助けたようです」

「それで、二人は、仲が良くなった？」

「そうです。ママは、このあと、何回か、二人で飲みに来たといっています」

「それで、似顔絵の身元は、わかったのかね？」

と、十津川は、きいた。

「これもママの証言ですが、その中で、小早川は、その男のことを、進と呼んでいたそうです。おい進とです」

「他には？」

「わかったのは、これだけですが、誘拐事件の方で、一つ発見があります」

と、西本がいい、日下が、その発見を説明した。

「誘拐された金次まさ美の祖父ですが、五年前まで、熱海に、別荘を持っていたことが、わかりました。マンションの一室ですが、３ＬＤＫの広さで、なぜか、このことを、金次はひた隠しにしているんです」

「面白いな。五年前までというと、当然、六年前も、熱海の別荘はあったわけだな」

「そうです」

「その別荘のことは、詳しくわからないか？」

「北条刑事が、この別荘に招待されたことがあるという女性に会って来ています」

と、日下はいい、今度は、北条早苗に代った。

「会ったのは、六本木のクラブのママで、彼女が、金次社長に誘われて、熱海の別荘へ行ったのは七年前で、彼女が、ホステスの一人だった時だそうです」

「どんなマンションだといっていたね？」

「熱海駅の裏の高台にあって、海が良く見えたといっています。その頃、金次は、仕事の疲れをいやすために、社員にも、家族にも報《しら》せずに、熱海に別荘を持ち、疲れたり、新しい仕事のプランを練るときには、そこに、籠《こも》っていたようです。もちろん、そこで、好きな女と過ごすこともあったらしいです」

「一種の隠れ家だな」

「そうだと思います」

「何というマンションだ？」

「熱海別邸だそうです」

「意味深な名前のマンションだな」

と、十津川は、笑った。

2

そのマンションが、どうなっているか、十津川は、亀井と調べてみることにした。

熱海の地図で見ると、現在「熱海別邸」というマンションは無かった。駅前の不動産屋へ行って、そこの主人に聞いてみた。

「あのマンションですか」

と、その初老の店主は、なつかしそうに、肯いて、

「四階建の豪華マンションで、住んでいたのは、東京の金持ちで、隠れ家として使っていましたよ。年に数回しか使わなくても構わないという余裕のある人たちが持っていたんです。市の夏祭りにも、一軒あたり百万円ぐらい、ポンと寄附してくれましてね。市も喜んでいましたが、最近は、そういう余裕のある金持ちがいなくなって、今は、改造されて、普通のマンションになってしまいましたよ」

「いつ、改造したんですか？」

「二年前ですよ」

「五年前まで、熱海別邸に、金次という人が、住んでいたんですが、知りませんか？東京の外食産業のオーナーなんだが」

「ああ、覚えてますよ。今年、お孫さんが誘拐されたとかいう社長さんでしょう。金使いの荒い人でしたよ。それだけに、女にもてましたがね」

「じゃあ、金次さんは、熱海にいる間は、熱海の女性と楽しんでいたわけですね？」

「湯河原の女性ともです」

「気が多いんだな」

「金次さんは、熱海の別荘を隠れ家として使っていたんですが、その中《うち》に、熱海や湯

河原の政治家や財界人と、接触し始めたんです」

「どうしてです？」

「熱海と湯河原にも、支店を作る計画を立てたからですよ。熱海と湯河原の有力者も、景気回復のために、金次社長に近づき、支店を進出させようとしたんです。お互いの利益が、一致したわけですよ」

「それが、いつのことですか？」

「七年ぐらい前からじゃなかったですか。金次社長は、熱海と湯河原に、必要な土地を購入し、従業員を現地採用する計画を立てたんです。それに、ここには、特別に、ファストフードの店の他に、温泉を利用した食事と慰安の店も作ろうとしていたんです。よほど、ここが、気に入っていたんでしょうね」

「とすると、かなりの投資が期待できたわけですね」

「そうですよ。私のところでも、ずいぶん、熱海と湯河原の土地を探して、金次さんに勧めましたよ。有力者たちも、金次さんに金を出させようとして、近づいていましたがね」

「供応もあった？」

「ありましたよ」

「だが、今、熱海にも、湯河原にも、金次社長の店は、一店もありませんね」

と、亀井がいった。

「全て、六年前のあの事件が、パアにしてしまったんですよ」

「六年前の殺人事件ですか？」

「そうです。クラブ『あい』のママが殺された事件ですよ」

「しかし、あれは、犯人が見つかって、解決したんじゃありませんか？」

「表面的には、そうなんですがねえ。私なんかの知らない、ゴチャゴチャしたものが、あの事件にあるらしくて、金次さんは、進出計画を中止してしまうし、熱海と、湯河原の有力者たちは、事業のことも、事件のことも、全く口にしなくなってしまいましたね。一年後には、金次さんの別荘も無くなりましてね。私なんかは、しゃかりきになって、土地探しをやり、文字通り、骨折り損のくたびれ儲《もう》けでしたよ」

と、笑った。

十津川と亀井が、礼をいって、帰りかけると、相手は、

「今の話、私がしたことは、誰にもいわないで下さい。恨まれるのは、嫌ですから」

と、まじめな顔で、いった。

この話は、今でも禁句なのか。

3

十津川と亀井は、店を出て、海岸に向って、坂道をおりて行った。

二人は、海岸に造られたプロムナードを、並んで歩く。

陽が当たっていて、暖かかった。

沖の初島が、ぼんやりと、かすんで見える。

「熱海も、変りますね」

と、亀井が、通りの反対側を見て、いった。

通りに面して、ずらりと、ホテルが、並んでいる。その中には、今、二人の泊まっているホテル・イーストもあった。

しかし、バブル崩壊のあおりを食って、倒産したホテルもある。

それが、たちまち、叩《たた》きこわされ、今は、完成予想図つきのマンションの大きな看板が、かかっていた。

その中《うち》に、海岸のホテル街は、マンション街に変るかも知れない。

「昨夜、湯河原で、小早川が、襲われましたね」

と、亀井が、いった。

「とうとう、連中が、辛抱しきれなくなったということだよ」

と、十津川は、いった。

「連中といいますと？」

「小早川のことを煙たがっていて、彼を、熱海と湯河原から追い出そうと思っている連中のことだよ」

「つまり、六年前の殺人事件の関係者ですか？」

「まあ、そうだ」

と、肯いてから、

「小早川の見舞いに行ってみないか」

「いいですね」

と、亀井が、応じ、タクシーをとめた。

十五、六分で、湯河原厚生年金病院に着く。

入口の受付近くに、花束の自動販売機があった。

三千円で、花束を一つ買い、四階の病室へ上っていった。

小早川が、入っていたのは、バス・トイレつきの個室だった。

「ぜいたくですね。高いでしょう」

と、十津川は、いった。

「一日三万円です」

小早川は、微笑した。

「そりゃあ高い」

「でも、考え方でしょう。おれが泊まっていた青山荘は、一日三万円だ。ここも三万円で、三食つきで、おまけに、美人の看護婦が、世話してくれている。安いものですよ」

「なるほどね」

「それにおれは、競馬で、儲けたから、金もある」

と、小早川は、いった。

その美人看護婦が、包帯を取りかえにきた。

十津川は、その作業を見守りながら、

「あなたを襲った犯人に心当たりがありますか？」

と、きいた。

「直接おれに切りつけてきた奴は、プロだよ。ナイフの扱いに慣れてた。多分、金で雇われたんだ」

と、小早川は、いった。

「じゃあ、雇った人間の心当たりは？」

「もちろん、ありますよ。だが、警察には、いいたくない」

「こうなることを期待していたんでしょう？」

と、十津川は、きいた。

「期待？」

「六年ぶりに戻って来て、あなたは、熱海と湯河原の町を引っかき回している。引っかき回せば、あわてふためいた人間たちが、何かリアクションを起こす。それが、狙《ねら》いだったんじゃないんですか？　だから、自分が切りつけられたことは、痛いかも知れないが、心の中で、快哉《かいさい》を叫んでいると思うんだが」

十津川が、いうと、小早川は、ニヤッと笑った。

「面白くなって来たと思っていますよ」

「最後は、どうなればいいと思っているんだ？」

と、亀井が、きいた。

「どうなっていくのか楽しみでねえ」

「人が、一人殺されている」

と、十津川は、いった。

「あれは、おれとは、無関係だよ」

「それはわかっているが、あなたが、戻ったために起きたと思っている」

十津川が、いった。

「いや、勝手に誰かが、古木正道を殺しただけさ」

「また誰かが死ぬと思っているんじゃないのか？」

亀井が、小早川を睨《にら》んだ。

「バタバタ死んでいけば、面白いね」

小早川が、いい返す。

「あまり警察をバカにするなよな。九月に君が誘拐した子供の祖父の金次社長が、六年前、熱海に別荘を持っていたこともわかってるんだ。君は、その時から、金次社長を知ってたんだ」

「それは、初めて知りましたよ」

「とぼけるんじゃない！」

亀井が、怒鳴ったとき、部屋に、二人の男女が、入って来た。

女の方は、近代ウイークリイの立花亜矢で、男の方はサファリルックで、手にカメラをぶら下げていた。

亜矢は、花束を差し出して、小早川に、

「これ、お見舞い。それから、こちらはうちのカメラマンの山川クン」

「今日は取材？」

「ええ。刑事さんたちもお見舞いですか？　それとも、訊問《じんもん》ですか？」

亜矢が、十津川に向って、きく。

若いカメラマンの山川が、二人の刑事に、レンズを向けてくる。

「駄目だ！」

と、亀井が、手を振った。

「また、後でお会いしましょう」

十津川が、いい、亀井を促して、病室を出た。

二人は、一階待合室のソファに腰を下した。

「あの雑誌記者を待とう」

と、十津川は、いった。

4

四十分ほどして、おりて来た亜矢は、十津川たちが、待っているのを見て、

「何かご用ですか？」

「あなたに、ちょっと聞きたいことがあってね」

と、十津川は、いった。

「丁度良かった。私たちも、刑事さんに、お聞きしたいことがあるんです」

亜矢も、ニッコリしている。

「それなら、この近くで、お茶でも飲みながら」

と、十津川は、いった。

四人は、亜矢たちのRV車で、湯河原駅傍の「ウエスト」という喫茶店に向った。

窓際に腰を下すと、クラブ「あい」のある雑居ビルが見える。

大男のカメラマンは、ライスカレーを注文し、他の三人は、コーヒーを注文した。

「まず、そちらから質問して下さい。答えられることは、答えますよ」

と、十津川は、いった。

「まず、お聞きしますけど、刑事さんは、小早川さんを、逮捕しようと思って、ここに、いるんですか？」

と、亜矢が、きく。

「事件の犯人とわかれば、もちろん、逮捕しますよ」

「九月に東京で起きた誘拐事件の？」

「そうです。しかし、彼は、ここでも、何か事件を起こしそうな気がしています」

と、十津川は、いった。

「でも、狙われたのは、小早川さんの方ですよ。ナイフで手を切られたんです」

「彼が、そうなるようにしたんです」

「どういうことですか？」

「小早川は、六年ぶりに戻って来て、静かな池に、石を放り込んだんです。そうして、何が起きるか、観察しているんですよ。びっくりして、逃げ出す魚もいるかも知れないし、共食いを始める魚もいるんじゃないかとね。その中《うち》に、もっと、池の魚を脅してやれ、と思って、手を突っ込んで、かき廻して、逆に、魚に食いつかれたんです」

「小早川さんは、どうして、そんなことをするんでしょうか？」

「あなたも、うすうすと、わかって来ているんじゃないんですか？」

十津川は、逆に質問した。

「私ね、六年前の殺人事件について、調べてみたんです。当時の新聞とか、雑誌とかで。それで、ひょっとすると、小早川さんは、犯人ではないんじゃないかと思ったんです。はめられたんじゃないかって」

「なるほど」

「だから、彼は、六年ぶりに、自分の無実を証明しようと、戻って来たんじゃないか。何とかして、真犯人をあぶり出そうとして、石を投げ込んだり、池をかき廻したりしてるんじゃないかしら？」

「単刀直入に聞きますが、あなた方は、彼に呼ばれて、取材に来たんですか？」

「いいえ。自分の意志で来たんです。編集長に、今に、熱海か湯河原で大きな事件が起きますといったんです。必ず起きる。だから、今から、取材させてくれと」

「一ついっておきたいんだが、小早川は、自分のために、どんなものでも利用しますよ」

と、十津川は、いった。

「小早川さんが、無実だったら、そのくらいの我がままは、許されると、思いますけど」

と、亜矢は、反撥《はんぱつ》するように、いった。

十津川は、苦笑した。

「すっかり、洗脳されてますね」

「小早川さんは、少し乱暴なところはあるけど、素直で、正直な人だと思っています。だから、彼の無実を証明してあげたくなるんです。ペンの力で」

「この場合、当人の性格は、問題にはならないのですよ」

「そんなことはありません」

「もし、小早川が無実で、刑務所に入っていたとしましょう。その彼が、何のために、ここへ来たかといえば、一つしか考えられない。それは、復讐《ふくしゅう》ですよ。そのためには、彼は、何でも利用する。これは、彼の性格とは関係ない。彼がワルでも、善良でも、考えることは同じ復讐です。誰でも利用する点も同じです。あなたは、記者としての使命感みたいなものを持っていると思うが、彼は、その使命感も、利用しますよ。いや、もう、利用しているかも知れない」

「刑事さんは、何でも悪くとるんですね。私は彼の正義感を信じます」

と、亜矢は、いった。

「私は、あなたが傷つかないかと、心配しているだけですよ」

「奴は、君に何といっているんだ？」

と、亀井が、きいた。

「私が、どうして、戻ったのかときいたら、彼は、こういいました。真実を知りたいからって」

と、亜矢は、いった。

「真実か。泣ける言葉だね」

十津川が、いった。

「人間は、自分の都合のいい嘘《うそ》を真実だという」

と、亀井は、いった。

亜矢は、びっくりした顔で、亀井を見て、

「刑事さんは、哲学者みたいなことも、いうんですね」

だが、亀井は、ニコリともしないで、

「今のは、長年の刑事としての経験から出た言葉でね。哲学者なんかじゃない。刑事の言葉ですよ」

と、いった。

それから三日後、「近代ウイークリイ」は、小早川を特集した。

〈真実を求める男〉

と、いうタイトルである。

記事を書いたのは、立花亜矢に間違いなかった。

十津川は、注目して、その記事を読んだ。

〈記者は、六年前のこの事件を、仔細《しさい》に調べ直してみた。

当時の新聞報道を読み直し、捜査に当たった静岡県警を取材し、関係者にも話を聞いた。その結果数々の疑問が生れてきている〉

記事は続く。

〈この殺人事件が起きた頃の熱海、湯河原二つの町の状況から説明する必要がある。

この二つの町は、バブル崩壊の影響を、他の場所以上に強く受けていた。

熱海の中心街で、いくつものホテル、旅館が倒産に追いやられ、湯河原も、賑《にぎ》やかさを失って、暗さを増していた。

二つの町の有力者たちは、必死になって、回復策を考え実行していたが、なかなか、うまくいかなかった。日本中が不景気なのだから、仕方のないことだろうが、観光が主な産業のこの二つの町は、より強い影響を受けていたのだ。こんな状況の時、熱海、湯河原の町にとって、一人の救世主が現われた。

それは、当時、外食産業で莫大《ばくだい》な利益をあげていた金次正之（当時六十一歳）である。彼は、隠れ家的な別荘を、熱海に所有していたが、温泉と、ファストフードとを結びつけることを考えた。

よく、食事と温泉が楽しみといわれて、どの旅館も、豪華な夕食を用意する。そのために、どうしても、一泊一人一万円以上になってしまう。その点、金次氏は、こう考えた。

果して、食べ残すほどの豪華な食事が、必要なのだろうか。特に今の若者は、ファストフードと、コンビニの生活に慣れている。

その若者を、熱海、湯河原に呼ぶには、ファストフードプラス温泉で、オーケイではないか。それなら一泊四、五千円でも可能になる。

その代り、若者が喜ぶものを用意する。ミニ・ゴルフ、ボウリング、マージャンルームなどである。ただ、これは、現在の旅館、ホテルの組織では無理なので、彼は、自分の考えるホテルを造ることを考え、そのために、三十億から五十億を用意した。

この話は公表されなかったが、噂《うわさ》が流れると、熱海と湯河原の有力者たちは、この話に飛びついた。

何とかして、彼に金を出させようとし、彼に取り入ろうとした。

彼に対する接待攻勢が始まった。当時、熱海と湯河原で、高級クラブといわれたのは、問題の殺人事件の被害者仁科あいが、ママをやっていたクラブ「あい」だったので、両方の有力者たちは、この店で、金次社長を接待したのである。

具体的な仕事の話も、この店の中で行われた筈《はず》である。

不動産業者は、自分の持っている土地を売りつけようとし、建設会社は、契約を取り交わそうとし、熱海の市会議員と、湯河原の町会議員は、自分たちのところに、金次のホテルを持ってこようとして争い、法律上、問題のある提示もしたといわれる。

三十億とも五十億ともいわれる金をめぐっての狂騒が、起きたのである。

これは、噂だが、金次の車が、事故を起こした時、議員が、警察に圧力をかけて、もみ消したともいわれる。そんな空気の中で、殺人事件が起きたのだ〉

5

〈六年前の五月十二日の朝、熱海市と、湯河原町の境を流れる藤木川に、クラブ「あい」のママ、仁科あいの死体が浮かんでいるのが発見された。首を絞められていて、殺されたのは、前日の午後九時から十時の間と考えられた。

彼女の死体が、藤木川に浮かんでいたのは、事件にとって、象徴的だったといえる。なぜなら、彼女は、熱海と湯河原町の両方に高級クラブを持っていたからだ。

ママの頭部が熱海側にあったので、捜査は、熱海署、つまり静岡県警が、担当することになった。

犯人は「あい」の客の中にいると考えられたが、どちらの店の客が犯人かわからない。

地元の新聞は、最初、あの狂騒が、生んだ事件と、書いた。

熱海と湯河原町の市会議員、町会議員、それに、二つの町の関係業者が、一つのパイを奪い合った。議員の中には、業者を兼ねている人間がいるから、出来もしない約束を金次社長に提示した者もいるらしい。交通事故の取下げのこともある。そうしたスキャンダルを知っている仁科あいが、口封じに殺されたのではないかと、最初に書いている。

つまり、二つの町の有力者の中に犯人がいる。一人か、或いは、複数のである。そんな書き方だった。

警察も、その線で、捜査を進めていると思われた。が、突然、狂騒とは関係のない小早川恵太が、容疑者として、逮捕されたのである。

小早川さんは、こういっている。「当時のおれは、人気はあったが、相当のワルで、大きなホテルの用心棒なんかもやっていた」と。仁科あいとも、男と女の関係があった。他の女とも。だから、警察に眼をつけられる理由はあるが、絶対に、仁科あいは殺してないといっている。

その小早川氏が、警察に疑われた理由は、二つである。一つはクラブ「あい」の常連客（両方の町の有力者たち）の証言だった。彼等は、小早川さんが、たびたび、ママの仁科あいに、金をせびっていて、それがもとで、二人はよくケンカしていたという証言だった。小早川さんは、金を貰《もら》ったことはあるが、せびったわけもなく、もちろん、ケンカもしていないと、いっている。

もっとも決定的だったのは、奥湯河原のS旅館の女将《おかみ》の証言だった。五月十一日の昼間、小早川さんが住んでいたマンションのベランダで、彼が、仁科あいを殴りつけ、彼女が倒れるのを見たといったのである。彼女のいたS旅館から、小早川さんのマンションのベランダが、よく見えることと、彼女が、小早川さんとも、仁科あいとも、何の関係もないことから、この証言は、信用され、決定的な証拠となった。

また、狂騒について書き、両方の町の有力者が怪しいと書いていた地元新聞が、ある時から、突然、論調を変えて、小早川さんが、ワルで、若い時傷害事件を起こしたと書きたてた。よく調べれば、この傷害事件というのが、若い時にありがちなケンカだったことが、わかる筈なのに、それが小早川さんの性格でもあるかのように、書きたてたのである〉

記事は更に続く。

〈記者は、この二つについて、調べてみた。すると、おかしなことが、わかってきた。

S旅館の女将の証言は、公平だから、信頼できると、警察は、考えたのだろうが、実は、この頃、S旅館は、地元の信用金庫に、五千万円の借金があり、期限切れになって、返済を迫られていた。つまり、倒産寸前だったのである。ところが、この事件のあと、突然、全額が返済されているのだ。

もう一つ、地元新聞だが、この新聞は、主に、広告収入で成り立っている。不景気で、その広告収入が減っていた。地元の質屋や、喫茶店、ラーメン店などの小さな広告が主となっていた。

それが、事件のあと、突然、大きなホテルや、建設会社、ゴルフ場など、大手の広告が、多くなった。それも年契約である。

この二つの事実から、賢明な読者は、何を想像されるだろう？

今、小早川さんは、こういっている。私が知りたいのは、ただ一つ「真実」だと。記者も、もちろん、それを知りたいと思っている〉

「よく調べて書きましたね」

と、亀井は、感心したように、いった。

十津川は、笑った。

「青山荘の女将や、二つの町の有力者、それに地元新聞のオーナーが、こんなことを、ベラベラ喋《しゃべ》る筈がないよ」

「じゃあ、ニュースソースは？」

「ただ、一つ、小早川だよ、彼の話すことを信用して、そのまま、記事にしているんだ」

　と、十津川は、いった。

「小早川の話が、真実ならいいですが――」

「本当のことも話しているかも知れないが、自分の都合のいいように、嘘もついているると思う。立花という女性記者は、頭から、六年前の事件について、小早川が、無実と思い込んでいる。だから、彼の話を、そのまま、信じてしまっているんだ」

「無実の罪で、六年間、刑務所に入っていた男が、真実を求めて、また、帰ってきたというのは、記事として、面白いですからね。読者受けしますよ」

　と、亀井は、いった。

「お涙頂戴《ちょうだい》記事だよ」

　と、十津川は、いった。

「そうですね」

「私だって、小早川が、六年前の殺人事件について、無実だという可能性はあると思っているよ。しかしね。真実を知るには、冷静な調査が、必要だ。下手をすると、小早川を救うために、真犯人でない人間を、新たな無実の犯人にしてしまう恐れがある」

と、十津川は、いった。

「この近代ウイークリイの記事は、どれだけの影響力があると思われますか？」

と、亀井が、きいた。

「影響力は大きいと思うよ。だから、私は、怖いんだ」

第八章　失踪

1

「青山荘の女将の高橋君子のことが、心配だな」

と、十津川は、いった。

近代ウイークリイで、六年前の殺人事件についていかにも、彼女が、金を貰って、偽証したように、書かれていたからである。

十津川と亀井は、湯河原のマンション「エレファントレジデンス」に立花亜矢を訪ねた。

彼女は、カメラマンの山川と、撮って来た写真を、机の上に並べて、話し合っているところだった。

「渡辺みゆきさんのことを、今、調べているんです。芸者の雪乃さんですけど」

と、亜矢は、十津川に向っていった。

意気軒昂《けんこう》としている。使命感に燃えているといった方がいいのか。

「自殺した芸者さんですね」

「六年前の殺人事件の時、ただ一人、小早川さんを無実だと主張した人ですよ。一年後に自殺してしまったんだけど、私は、自殺させられたような気がしています」

「先入観を持って、結論付けるのは、危険ですよ」

と、十津川がいった。

「先入観を持たずに見るから、小早川さんのシロが、見えてくるんじゃありませんか」

亜矢は、挑戦するように、十津川を見た。

「若い女は、感情で、物事を判断するから困る」

と、亀井が、からかい気味に、いった。

「それこそ、偏見じゃありませんか」

「今日来たのは、青山荘の女将さんのことなんだがね」

と十津川は、いい、

「近代ウイークリイの記事のおかげで、それこそ、あそこの女将は、完全に疑惑の人物に祭り上げられてしまっているんだ」

「でも、嘘は書いていませんよ。六年前の事件のあと、あの女将が、借金をポンと返したのは、事実なんですから」

「しかし、書きようがあるんじゃないかね。あの記事だと、いかにも偽証のお礼に、大金を誰かから貰ったように、思えてしまう」

「断定はしていませんわ」

「しているのと同じだ」

と、亀井が、いった。

「私たちは、高橋君子という女将さんにも、会いにいって、弁明のチャンスをあたえたんです。それなのに、かたくなに、会おうとしないんですよ」

「会ったら、また、何を書かれるかわからないと思って、怖かったんじゃないのかね」

と、十津川が、いった時、彼の携帯が鳴った。

「湯河原派出所の若宮です」

と、男の声がいった。

「何か事件でも？」

「まだ、何とも断定は出来ないんですが、青山荘の女将が、昨夜から帰っていませ
ん」

　と、若宮は、いった。

「帰っていない？」

「はっきりしたことは、まだわかりません。従業員の話では、今日の昼になっても、女将が姿を見せないというのです。最後に見たのは昨夜の十一時頃だそうです」

「あなたは、今、何処に？」

「青山荘に来ています。女将の部屋を調べていますが、別に、争った跡もありませ
ん」

「私たちも、すぐ、行きます」

　と、十津川が、いった。

「何かあったんですか？」

　亜矢が、きく。

「青山荘の女将が、いなくなったらしい」

「逃げたんじゃないかしら？」

それが、亜矢の感想だった。

十津川は、苦笑して、

「それこそ、先入観だよ」

と、いったが、亜矢は、聞こえないという様子で、カメラマンに向って、

「山川クン。出かけるよ」

と、いって、立ち上った。

2

奥湯河原の青山荘には、神奈川県警のパトカーが、とまっていた。

中から、若宮と、泉巡査が、出て来た。

「まだ、行方不明です」

と、若宮が、十津川に、いった。

「小早川は？」

と、亀井が、きいた。

「朝食のあと、いつものように、外出していて、今は、いません」

そんな会話をしている傍で、亜矢が、小早川に、携帯をかけていた。

二十分ほどして、小早川が、戻って来た。

彼は、十津川たちを見ると、

「女将がいなくなったみたいだが、おれは、無関係だよ」

と、いった。

「だが、君が絡んでいるんじゃないのかね」

十津川が、いい返した。

「おれが、どう絡んでるって？」

「なぜ、ここに、ずっと、泊まってるんだ？」

「この旅館が、好きなのさ」

「嫌がらせじゃないのか？」

亀井が、きいた。

「おれは、女将に何もいってないよ。話もしていない」

「君が、ここに、泊まってること自体、嫌味なんだよ」

と、十津川が、いった。

「女将の失踪《しっそう》は、小早川さんとは、関係ありませんよ、常識で考えたって、わかるじゃありませんか。小早川さんにしてみれば、女将が、六年前の証言は、間違いだったといってくれるのが、ベストなんですよ。その彼女が、いなくなって、一番がっかりするのは、小早川さんです」

亜矢が、弁護した。

「ありがとう」

と、小早川が、微笑した。

亀井は、眉《まゆ》をひそめて、

「反対の結論だってあるんだ。君は、六年前の証言を撤回しろと、女将を責めた。ところが、彼女が、頑として、拒否したので、君が、かっとして、――ということも考えられるじゃないか」

「かっとして、何です？」

小早川が、険しい眼で、睨んだ。

「さあ、何だろうね」

「刑事さんは、おれに対して、偏見を持って見てるんだ。おれは、女将が、なぜ、あんな嘘の証言をしたのか、今も疑問を持っているが、だからといって、力ずくで変えさせようなんて、思っていないよ」

「だが、ずっと、泊まり込んで、暗黙の圧力をかけているんだろう」

と、十津川が、いった。

「おれは、彼女の良心に訴えてただけだ」

小早川が、いい返した。

十津川は、口を閉ざしてしまった。

こんな議論をしていても、何の利益にもならない。

何よりも、大事なのは、女将の行方だった。

若宮が、従業員たちから話を聞き、それを十津川に伝えてくれた。

「二人の仲居が、昨夜の午後十一時頃、最後に、女将を見ています。この時の女将の様子には、これといった、おかしなところはなかったと、いっています。ただ、このところ、女将は、暗い表情のことが多かったそうで、特に、近代ウイークリイのあの記事が出たあとは、憂鬱《ゆううつ》そうだったとは、いっています」

「十一時以降の目撃者はいないんですか？」

と、十津川は、きいた。

「今のところ、いません」

「彼女の自室の様子は？」

「さっきもいいましたが、部屋が荒らされた様子はありません。置手紙の類《たぐい》も見つかっていません」

と、若宮は、いった。

「彼女の車は？」

「ベンツに乗っているんですが、車は、自宅車庫にあります。佐藤という運転手がいるのですが、彼にも、何の連絡もないそうです」

「タクシーは？」

「この青山荘は、湯河原タクシーを利用しているんですが、昨夜から、今日にかけて、女将が、このタクシーを呼んだ形跡はありません」

「すると、どうやって、女将は、出て行ったんだろう？」

「歩いて、バス停まで行ったか――」

「或いは、誰かが、車で迎えに来たかだが――」

「犯人は、わかってるわ」

と、亜矢が、いった。

「犯人？」

十津川が、じろりと、彼女に眼をやる。

「六年前、女将に、嘘の証言をさせた人間ですよ。うちの雑誌が出たので、あわてたんだと思う。ここで女将に、誰々に頼まれて、あの時、嘘をついたと喋られたら、大変なことになると思って、彼女を何処かへ連れ出したんだと思うわ。他に考えようがないと思いますけど」

と、亜矢は、いった。

「それでは、自分たちが、女将を危険にさらしたことは自覚しているんだな」

亀井が、いうと、今度は、小早川が、

「言論は自由でしょう。それに対して、警察が変な圧力をかけないで下さいよ。もう一つ、おれは警察というやつは、全く信用してないからね」

と、口を出した。

「君自身は、女将が、どうしたと考えているんだね？」

と、十津川は、小早川に、きいた。

「おれがか？」

と、小早川は、おうむ返しにいってから、

「考えられることは一つしかないさ。六年前、女将に、嘘の証言をさせた奴が、彼女の口を封じようと、連れ出したんだよ」

「具体的にそいつの名前は、わかってるのか？」

亀井がきいた。

「わかっていたら、今頃、おれが、そいつを殺しているよ」

と、小早川が、いった。

「これから、君はどうするつもりだ？」

十津川がきいた。

「警察は女将の行方を必死になって探すんだろう？」

「ああ、探すよ。今のところ、自発的に身を隠したのか、誘拐されたのかわからないが、もし、誘拐されたのなら、殺される恐れもありますからね」

と、若宮がいった。

「いっておくが、おれのあとをいくら尾行したって、ここの女将は見つからないぜ。女将の失踪とは、無関係だからな」

小早川は、反抗的な口調でいった。

「君自身も、探すつもりだろう？」

十津川がきいた。

「ああ、探すさ。おれも、女将を死なせたくないからな」

と小早川は、いった。

そして小早川に向って、立花亜矢は励ますように、

「私たち近代ウイークリイも、責任を持って小早川さんをサポートします」

「車持って来てるの？」

と、小早川が亜矢にきく。

「ええ。社の車で来てますけど」

「じゃあ、行きたいところがあるので、乗せてくれないか」

と、小早川はいった。

カメラマンの山川を入れて三人が、ぞろぞろと、出て行った。

若宮が、若い泉巡査に向って、

「すぐ、あの三人を追ってみろ。女将の居場所がわかるかも知れないぞ」

と、いった。

泉巡査が、あわてて、飛び出して行く。

「小早川は、女将の失踪とは関係ないと思いますよ」

と、十津川は、若宮にいった。

若宮はあっさりと肯いて、

「そうだとは思いますが、念のためですよ」

と、いった。

3

十津川は、亀井と旅館を出た。

二人は藤木川沿いに歩き出した。この辺り、古い小さな旅館が多い。湯河原温泉で、ただ一軒だけ残っている射的屋も、ここにあった。

「警部は、青山荘の女将の失踪を、どう思いますか？」

と、亀井がきく。

「自分から、姿を消したとは考えにくいな」

「近代ウイークリイの記事と、関係があると思いますか？」

「あれで、誰かが、追い詰められた気分になったのかも知れない。もちろん女将自身もね」

と、十津川は、いった。

「小早川は、女将に六年前偽証させた人間が、あわてふためいて、口封じに連れ出したといっていましたが、彼の考えは、どう思いますか？」

亀井が、歩きながら、話す。

「一理あるよ。筋も通っている。また、それを狙って、近代ウイークリイの立花亜矢を利用して、その記事を載せさせたんだと思うね」

「しかし、小早川は、その人間を知らないわけでしょう？」

「今頃、立花亜矢たちと、心当たりを探しているのかも知れないな。女将を見つけ出せば、彼女を連れ出した犯人が見つかる。そうなるからね」

「彼に、見つけられますかね？」

「どうかな」

と、十津川は、藤木川の川面に眼をやって、

「面白いな」

「何がです？」

「この川の向う側は、熱海市だ」

「そうです」

「この辺りの旅館の中には、玄関が湯河原にあって母屋が、熱海市にあるのが、何軒かあると聞いている。そんな旅館は、湯河原と熱海のどちらに税金を払うのかね？」

「玄関のある方じゃありませんか」

「そうかね」

「六年前の殺人事件でも、死体は、この藤木川の真ん中に浮かんでいて、たまたま、その頭が熱海側にあったので、静岡県警が捜査することになったんでした。その時から、奇妙な事件だったということじゃありませんかね」

と、亀井は、いった。

「そういえば、金次の件も、いろいろ驚くことがあったな。六、七年前に、熱海と湯河原を舞台に、事業を計画し、その事業資金五十億円を狙って、両方の町の有力者たちが、争っていたことは、初耳だったな。熱海の別荘のことは知っていたがね」

「近代ウイークリイに書いてあったことは、本当ですかね？」

「多少オーバーだとは思うが、不景気で困っていた二つの町の有力者たちが、金次の五十億円を狙って、熾烈《しれつ》な綱引きをやったろうことは、想像がつくよ。今のところ、金次側が、文句をいってないところを見ると、そんなに、でたらめは書いてないと思っているがね」

「しかし、あの記事は、常に、小早川が無実だという立場で書かれていますよ」

「そこが、問題だな。書かれていることは、正確でも、書く立場が違えば、印象も違ってくる」

と、十津川は、いった。

もちろん、小早川が、それを狙って話をし、記者の立花亜矢は、自分たちの記事が、騒ぎを起こすのを、狙っていることは明らかだった。

青山荘の女将の失踪も、彼らの狙いが成功した一つの表れではないのか。

「次は、何が起きると思われますか？」

しばらく、黙って歩いていた亀井が、自問する恰好《かっこう》で口を開いた。

「これまでに、一人の関係者が殺された。今回、一人が、姿を消した」

と、十津川が、いった。

「また殺人ということでなければ、いいがね」

4

小早川の乗ったＲＶ車は、ＪＲ湯河原駅に向っていた。

駅前広場には、いろいろな看板が立っているが、その中で、ひと際大きなものが「二上土地」の看板だった。

「ここの社長に会うことにする」

と、小早川はいった。

「この二上土地って看板は、やたら、沢山眼についたけど、どういう人なの？」

亜矢が、看板を見上げながら、きいた。

「賃貸マンション、土地の売買、それに、温泉も持っている」

「つまり、湯河原の有力者の一人なわけね」

「それに、六年前の事件では、被害者の仁科あいと関係もあり、証人の一人になっている」

と、小早川は、いった。

「二上土地」の本社は、小さなビルの中にあった。

意外に小さなビルで、事務員は三人しかいない。

奥の社長室で、社長の二上専太郎と会った。

「いろいろやってるね」

と、二上は、小早川に向っていった。

六十歳くらいだろう。陽焼けした顔は、若々しく見えた。

「まあね」

と、小早川は、いった。

亜矢が、名刺を渡すと二上は、苦笑して、

「あんたが、あの記事を書いたのか。ああ、カメラは、止めてくれ」

「今日は、ただ、小早川さんと、どんな話をなさるのか、それを伺いに来ただけですから」

と、亜矢は、いった。

「私の方には、何も話す気はありませんよ」

と、二上は、いった。が、女事務員に向って、

「皆さんにコーヒーをいれて差し上げて」

「どうです？　儲かってますか？」

小早川が、からかい気味に、きいた。

「湯河原も不景気でね。特に、土地の売買が動かないで弱っている」

「温泉の方は、どう？」

「旅館の倒産は、湯河原は少ないんだが、不景気で、東京の会社の寮なんかが、どんどん閉めていくんでね。その分、温泉の権利が売れなくなっている」

「六年前も、そんなことをいっていたんじゃないかな？」

「ああ。あの頃から、厳しくなったんだ」

二上は、正直に、肯いた。

「青山荘の温泉も、おたくが、配っているんじゃないの？」

「そうだが――」

「あそこの女将さんが、行方不明になった」

「本当かね？」

「知らなかった？」

「ああ、ぜんぜん、知らなかった。まさか、あんたが、どうかしたなんていうんじゃないだろうね？」

「どうして？」

「六年前のことで、あの女将が、あんたに不利な証言をしたからだよ」

「六年前には二上さんだって、おれに、不利な証言をしたじゃないか」

と、小早川は、いった。

二上の顔が、少しだけ、青ざめて、

「あの時は、あんたのことは、みんなが、悪くいったんだ。私だけじゃない」

と、いいわけがましく、いった。

「あの頃、手持ちの千二百坪の土地を金次社長に、売りつけようとしていたね」

「みんなやっていたんだ。熱海の不動産屋も含めてね。私だけじゃないよ」

「あの千二百坪は、今、どうなってるんだ？」

「一度には売れないんで、三十坪くらいに分けて、八割方は売れたよ。おかげさまでね」

「あの頃、あんたも、クラブ『あい』の常連だった」

「ああ」

「金次社長は、ママの仁科あいとねんごろだったが、あれは、彼女から、情報をとってたんだと、今になると思うようになった。熱海と、湯河原の有力者が常連客だったから、彼女は、その連中のことに詳しかったからだ。彼女は、あんたのことを、金次社長に、良くいわなかったんじゃないのかね。だから、千二百坪の土地が売れなかった――」

「何をいいたいんだ？」

二上の顔が、少しずつ険しくなってくる。

「あの頃、あの土地は、坪六十万だから、七億二千万の取引きだった」

「そうだよ」

「その取引きを、クラブ『あい』のママに邪魔されたと、あんたは、思ったんじゃないのか？」

「よく、そんな途方もない想像が出来るね」

「六年も刑務所に入っていると、いろいろと、想像するのさ。あのママを恨んで、あんたが、殺したことだって、十分に考えられる。動機は、十分にあったんだ」

「犯人は、あんたなんだよ」

と、二上は、いった。

「みんなが、おれが犯人だと証言したからな。その上、お互いに、アリバイを証明し合った」

小早川が、まっすぐ、眼を、二上に向けていったとき、二上の携帯が鳴った。

「失礼する」

と、いって、二上は、携帯を取り上げた。

「ああ、私も、驚いてるんだ。わかったよ。必ず行く」

と、短かく、受け応えして、二上は、電話を切ってしまった。

とたんに、また、携帯が鳴った。

「ああ、知ってるよ。わかっている。今、お客が来てるんだ」

二上は、同じように受け応えしていたが、そのあと、携帯の電源を切ってしまった。

二上は、小早川と亜矢に向って、小さく肩をすくめて見せ、

「詰らない電話ばかり多くてね。私は、携帯文化というやつが嫌いなんだ」

と、いった。

「電話は、青山荘の女将のことだろう？　大さわぎだな」

小早川は、笑った。

二上は、むっとした顔になった。

「変に勘ぐるのは、止めて貰いたいな。私は、あんたと違って、忙しいんだ」

5

三人は、「二上土地」を後にして、今度は、町役場の方角に車を走らせた。

個人経営のスーパー「アカギ」は、五階建のビルで、そこの社長赤木豊は、湯河原町議会の議員でもあった。

湯河原のような地方都市では、町の有力経済人が、そのまま、町の政治も牛耳《ぎゅうじ》っているのだ。

今、町議会は、休みなので、社長の赤木は、スーパーの社長室にいた。

赤木は、自分が太っ腹なところを示したいのか、立ち上って、小早川を迎えた。

「君には、早く会いたかったんだが、忙しくてね」

と、いう。

「どうして？」

と、小早川が、意地悪くきいた。

「君は、石もて追われたんだ。そんな人は、暖かく迎えなきゃあね」

「あんたは、どう思ってるの？」

「何を？」

「おれが、本当にクラブ『あい』のママを殺したと思っているのかっていうことだよ」

「裁判で君は、有罪になったんだ」

「あんた自身は、どう思ってたんだ？　おれが、クラブ『あい』のママを殺したと思っているのか？」

「私に、文句を付けに来たのかね？」

「おれは、本当のことを知りたいだけさ。ところで、このスーパーも、経営が、苦しいんじゃないの？」

小早川は、急に、話題を変えた。

「今どき、楽な店なんかないよ。大手のスーパーや、コンビニだって大変な時代なんだ」

赤木が、怒ったように、いう。

「これは、旅館で聞いたんだが、六年前、赤字のこの店を、金次社長に売り付けようとして、失敗したというんだが、本当なのか？」

「嘘に決ってる」

「そうかな。殺された仁科あいだが、時々、この店を利用してたと、彼女に聞いたんだが、本当なんだろう？」

「湯河原じゃ、一番大きいスーパーだからね。品物が一番揃《そろ》っているからね」

「だから、金次社長が、彼女に話を聞き、この店を買い取るのをやめたのか。それで、あんたは、彼女を恨んでいたのか」

小早川がいうと、赤木は、むっとした顔で、

「それは、あんたの妄想だ」

「妄想ねえ。刑務所に何年も入っていると、やたらに妄想がわいてくるんだよ」

「私が、あんたを刑務所に入れたわけじゃない」

「だが、おれを助けようともしなかった」

「そりゃあ、日頃の行いが悪いんだ。不徳のいたすところだな」

「青山荘の女将がいなくなったのは、知っているね？」

「そうらしいな」

「誘拐したのは、あんたか？」

「私が、そんなことをする筈がない」

「じゃあ、誰がやったと思う？」

「私は、あんたが、六年前の恨みで、女将をどうかしたんだと思っているがね」

「そうか。わかったぞ」

「何が？」

「今度は、口封じに、あの女将を殺しておいて、また藤木川に投げ込み、おれが、犯人だと証言するつもりなんだな」

小早川が、声を大きくして、いった。

「新しい妄想かね。困ったものだ」

「もう一つ、おれの妄想を聞かせようか」

「何だ?」

「あんたらは、ここへ来て、六年前の人殺しの悪夢に、さいなまれている。おれにしてみれば、いい気味だと思う。その中《うち》に、お互いに疑心暗鬼になって、殺し合いを始める。いや、もう始まっているんだな。湯河原の公認会計士の古木正道が殺されたし、青山荘の女将が消えているからな、あんたも用心した方がいいぞ。いつ殺されるかわからないからな」

小早川が、いうと、赤木は急に顔色を変えて、

「もう帰ってくれ! 不愉快だ!」

と、怒鳴った。

三人は、追い出されるように、スーパーのビルを出たが、小早川は笑っていた。

車に戻ったところで、亜矢が、

「小早川さんには、六年前の殺人事件の真犯人は、わかってるの?」

「わかっていれば、今頃――」

「その犯人を殺してるか」

「そうだよ。だが、容疑者の名前は、わかっているんだ。この中に真犯人がいることは、間違いないと思っている」

小早川は内ポケットから手帳を取り出し、亜矢に見せた。

○湯河原
古木正道（公認会計士）
二上専太郎（二上土地社長）
赤木　豊（スーパー経営）
高橋君子（青山荘の女将）
佐伯　涼（経営コンサルタント）

○熱海
岡崎政明（ホテル・サンライズのオーナー）
本田英一郎（熱海市会議員・観光協会役員）
沢口康隆（弁護士）
塚本ゆかり（六年前、岡崎の女）

「この中《うち》、古木は、殺され、高橋君子は失踪した」

と、小早川はいった。

「ずい分、沢山いるのね」

「これだけの人間が、六年前、金次社長の五十億円を自分のものにしようと、争ったわけだよ」

「金次社長が犯人ということは、考えられないんですか？」

亜矢が、改まった口調で、きいた。

「あの社長がか？」

小早川は、一瞬、考え込んだ。

「おれの頭の中で生れたストーリイでは、違うんだ」

「どんなストーリイなのか、聞かせてくれない？」

と、亜矢が、いった。

「六年前、金次が、投資するといった三十億円から五十億円を狙って、熱海と湯河原の有力者たちが争ったんだ」

「不動産屋は、売れずに抱えていた土地を売りつけようとし、赤字のスーパーのオーナーは、店ごと買って貰おうとしたわけね」

「二つの町の政治家は、金次に向って、便宜を図ってやるかわりに、ワイロを要求した。もちろん、おれの勘ぐりだがね。そして、連中は、金次のご機嫌をとるために、クラブ『あい』に、連日、連れて行ったた。金次が、ママの仁科あいを、気に入ってたからだ」

「小早川さんと、ママの関係はどうだったの？　その頃」

亜矢が、きく。

「それは、事件とは、関係ない」

「でも、私は知りたいわ」

「なぜ？」

「興味あるもの」

「ヒモみたいなものさ」

と、小早川は、面倒くさそうにいってから、

「金次だって、簡単に、甘い言葉にのって、大金を出すほど甘くはない。なかなか、金を出さなかった。連中は、いらいらしてきた。そして、あることを考えた。金次が、金を出さないのは、仁科あいのせいじゃないのか。金次は、彼女が、気に入っている。それで、出資について、彼女に、相談しているんじゃないのか。ところが、彼女も、金次の金が欲しいから、有力者たちのことを、クソミソに、いったんじゃないか。だから金次が、なかなか金を出さないんだとね」

「それで、彼等が、邪魔な仁科あいを、殺してしまったわけ？」

「連中の一人か、複数がね。もちろん、最初から殺すつもりだったとは思わない。多分、彼女に向って、金次に、うまく売り込んでくれと頼んだと思う。ところが、けんもほろろに扱われて、かっとして、殺してしまったんだと思うね」

「それなのに、あなたが、逮捕されたのね」

「連中も、警察も、この時、事件を、男と女の愛憎のもつれということにしてしまったんだ。ヒモみたいなおれは、彼女に愛想をつかされて、かっとなり、彼女を殺してしまったというわけだよ。実は、おれ自身、事件を、男と女の愛憎のもつれと考えて、的外れな犯人を、探していたんだ。裁判が、進行していくうちに、本当の姿が、見えてきて、刑務所の中で、この連中の名前を、きざみつけたんだ」

と、小早川は、いった。

「明日は、熱海の連中に会うつもりなのね」

「ここへ来て、連中は、動揺しているから、少しばかり、圧力をかけてやろうと思っている」

「危険だわ。現に、男に、切りつけられたじゃありませんか」

亜矢は、眉をひそめて、いった。

「おれは、六年間、無実の罪で、刑務所に入ってたんだ。どんなことをしても、真犯人を見つけ出してやる。ナイフぐらい、怖くも何ともないよ」

小早川が、ニヤッと笑っていう。

「気持は、わかるけど、相手を甘く見るのは、危険だわ」

「心配してくれるのか。嬉《うれ》しいね」

第九章　初島

1

小早川は、初島行の船に乗っていた。

熱海から、沖の初島まで、船で二十分と近い。島には、大きな近代的なホテルがある。

風は冷たかったが、小早川は、甲板に出た。

彼の傍に、二十五、六歳の若い男が、手すりにもたれていた。

「お前は、これから行く初島のホテルで、四、五日、のんびりしていてくれ」

と、小早川は、その男にいった。

「どうしてだ？　おれは、兄貴のために、働きたいんだ」

と、男は、いった。

「もう、十分やってくれたよ」

「もっと、もっと、やりたいんだよ。それとも、おれは何かヘマをやったのか？」

「ヘマか？」

と、小早川は、笑って、

「お前は、この間の夜、湯河原で、北という男と、本田という男を殴ったろう」

「ああ。六年前、兄貴を刑務所へ送ったのは、熱海と湯河原のお偉方たちなんだろう。だから、暗いところで、殴りつけて、脅してやったんだ。ボロを出すと思ったからさ」

「悪くない」

と、小早川は、男の肩を叩《たた》いた。

「ただ、いっておくが、町のお偉方が、全部、おれを罠《わな》にかけたわけじゃない。お前が殴った北というのは確かに、お偉方の一人だが、六年前の事件とは関係ない」

「本田の方は、兄貴に名前を聞いたんだぜ」

「ああ。あれは、傑作だった。本田の奴、怯《おび》えて、誰かと、相談したらしい。おかげで、おれは、ヤクザに狙《ねら》われた」

「おれが、仇《かたき》を討つよ。そのヤクザを必ず見つけ出してやる」

男が、息巻いた。

「それはいい。奴は失敗したから、逃げ出すか、口封じに消される筈《はず》だ。お前が、何もしなくても、あのヤクザの先は、知れている」

「じゃあ、おれは、何を？」

「お前に、頼みたいことが一つある」

「何でもいって下さい。やりますよ」

「初島のホテルに金次が、昨日から泊まっていると聞いたんだ」

「六年前の事件の原因になった金持ちだな」

「奴が、なぜ、この時期にやって来たのかわからないんだ」

「わかった。痛めつけて、吐かせてやる」

男が、息巻く。小早川は苦笑した。

「それが、お前の悪いところだ。ただ痛めつければいいってものじゃない」

「どうしたらいいんです？」

「カメラを持っているか？」

「デジカメは、持っています」

「それでいい。それで、金次の写真を撮ってくれ。カメラを、奴の鼻先に突きつけるようなマネはするなよ。お前さんは、そんなことをしそうだからね。遠くから、知られずに、撮ってくれればいいんだ。おれが知りたいのは、金次が、ここで、どんな連中と会うかなんだからな」

「わかったよ」

2

初島は、熱海の沖に浮かぶ小さな島である。

昔は、漁村だった。今も、漁業が盛んで、島の中に、漁業組合もある。

ただ、島に大きな、洒落《しゃれ》たリゾートホテルが出来たり、港に、マリーナが出来てからは、レジャーの島の面が、強くなった。

船が、接岸して、二人は、上陸した。

タクシーに乗って、ホテル「初島クラブ」に向った。

「おれは、何という名前で、ホテルに泊まったらいいんですかね。小笠原卓の保険証なら、持っていますが」

車の中で、小声で、男が、いった。

「バカ。それを使って、質入れしたんだろう。今度、同じ名前を使ったら、パクられるぞ。長友進という本名を使え。ケチらずに」

と、小早川が、いった。

「兄貴も、一緒に泊まるんでしょう？」

「今日明日だけな。ただ、別々に、泊まる。しばらくは、おれたちは、別々に行動した方がいい」

「オーケイ」

たちまち、二人を乗せたタクシーは、ホテル「初島クラブ」に着いた。

別々に、フロントで、チェック・インする。

ロビーには、釣りの服装をした客も多い。

小早川は、フロント係に向って、

「東京の金次さんが、泊まっているね？」

と、きいた。

「失礼ですが、どんなご関係でしょうか？」

フロント係は、用心深く、きく。

「六年前からの知り合いでね」

「確認してよろしいですか？」

「そりゃあ、構わないが、彼は、気分を悪くすると思うよ。おれの名前をいうと」

「確か小早川さまでしたね」

と、フロント係は、小早川の書いたカードに眼をやってから、急に怯えた眼になって、

「小早川さんというと、ホテル・イーストで、事件を起こされた？」

「おれが起こしたわけじゃないよ。勝手に、人が一人殺されたんだ」

小早川は、笑った。

「わかりました」

「金次さんに、確認する必要がないとわかったってことかい？」

「はい。それで、ご用は？」

「金次さんは、いつ、ここに来たんだ？」

「昨日の午後です」

「一人で？」

「はい」

「何の用で来たのかな？」

「静養とおっしゃってますが」

「静養ねえ」

「はい。船で、来られたようです。うちの持っているマリーナに、とめてあります。MASAMIというクルーザーです」

「孫娘の名前だ」

「よく、ご存知ですね」

「乗組員は、今、何処にいるんだ？」

「その船に泊まっていると、聞きましたが」

「船でやって来るなんて、優雅だねえ」

「私どもの常連の方の中には、何人か、船でいらっしゃる方がいらっしゃいますよ」

と、フロント係が、自慢そうに、いった。

小早川は、いったん、部屋に入ると、フロント係に、釣具を借りて、ホテルの持つマリーナまで、歩いて行った。

二隻のクルーザーが、繋留《けいりゅう》されていた。

大きな外洋クルーザーの方に、MASAMIの名前が書かれていた。

三十九フィート艇である。
五、六人が、ゆったり乗れるだろう。
小早川は近くの岸壁に腰を下して、釣糸を垂れた。

西陽《にしび》が、眩《まぶ》しい。

サングラスをかけ、煙草に火をつけた。

それとなく、問題の船を観察する。セーター姿の若い男が、キャビンから出て来て、甲板で、運動を始めた。
五、六分すると、今度は、三十代後半の感じの女が出て来た。
若い男が、すかさず、折たたみの椅子《いす》を、すすめている。

同じ乗組員という感じではなかった。

女主人に仕える従業員の感じだった。彼女の前に、テーブルが置かれ、次に、四十代の船員が出て来て、その上に、ワインを置いた。

(金次は、女連れで、やって来たのか)

と、思いながら、小早川は、見ていた。

急に、誰かが、小早川の隣りに腰を下した。

見ると、近代ウイークリイの立花亜矢だった。

「やっぱり、ここだったわ」

と、亜矢が、いう。

「何しに来たんだ？」

「何しにって、近代ウイークリイは、あなたと、六年前の事件をずっと、取材していくつもり。金次社長が、初島へ来たというんで、きっと、あなたも行くと思って、来てみたら、当たっていた」

「若いカメラマンは？」

「今日は、別の取材で、千葉の方へ行っているから、今回は、写真も、私が撮らなければならないんです」

「雑誌の仕事も大変なんだな」

「ええ」

と、亜矢は、肯いてから、

「向うの豪華クルーザーが、金次社長の船ね」

「そうらしい」

「ＭＡＳＡＭＩって、確か、誘拐された孫娘の名前ね」

「だろうね」

「金次さんは、何しに、初島に、いえ、熱海に来たのかしら？　こんな、面倒になっているところに」

「だから来たのかも知れないよ」

と、小早川は、いった。

「船の上の、女王様みたいな女性は、誰かしら？」

「多分、金次の女だろう」

「美人だけど、険のある顔ね」

と、亜矢は、いった。

「何処かで、見たような顔なんだがな」

小早川は、自問する口調で、いった。

3

その女は、濃いサングラスをかけていた。それが女の色の白さに、よく似合っている。

「あの女性は、六年前は、丁度、三十歳くらいだわ」

と、亜矢がいった。

「ああ、そうだな」

「六年前に、会ったことがあるんじゃないんですか？」

「何でも、六年前に結びつけるんだな」

と、小早川は、苦笑した。

「その方が、記事が、面白くなるから」

と、亜矢も、笑う。

「どう、面白くなるんだ？」

「六年前の殺人事件に、謎の美女の存在が、あった。悪くないわ」

「そろそろ、ホテルに帰るかな」

急に小早川が、立ち上った。

亜矢も、つられて、岸壁の上に立ち上って、

「もう帰るんですか？」

「見るものは、見ちゃったからね」

と、小早川は、いった。

二人は揃《そろ》って、ホテルに帰った。

「私は、これから、金次社長にインタビューして来るつもり」

と、亜矢は、いった。

「拒否されるかも知れないな」

と、小早川は、いった。

「かも知れないわね」

と、いいながら、亜矢は、フロントで、金次のいるルームナンバーを聞いている。

「インタビューが出来たら、結果を明日教えてくれ」

と、小早川は、いって、自分の部屋に入った。

だが、翌朝、彼が眼をさますと、廊下が、騒がしかった。

部屋を出て、ロビーにおりて行くと、ボーイが、水死体が、流れついたのだという。

島の南端の方だと聞いて、小早川は、ホテルを出た。

小さな浜になっているところに、人垣が出来ていた。

その人垣の中に、立花亜矢の姿があった。近づいて、

「早いね」

と、声をかけると、

「ジャーナリストの端《はし》くれですからね」

「どんな仏さん？」

「三十代の男性。溺死《できし》じゃないわ。顔を殴られた感じだし、のどにロープが巻きついている。それに、両足にもロープがね」

「重しをつけられて、海に沈められたかな？」

「かもね。その重しが外れて、浮き上って、流れついたんじゃないかしら」

と、亜矢が、いった。

小早川は、人垣の中に割って入って、横たえられた死体を見すえた。

身長一七五センチくらいの、がっちりした身体つきの男だった。

顔の半分くらいが、潰《つぶ》れている。手ひどくやられたのだろう。

だが、小早川は、

（あいつだ！）

と、直感した。

藤木川沿いの歩道で夕方、彼に切りつけて来た男だ。

あの時の男の身のこなしは、今でも、鮮明に記憶している。間違いなく、この身体つきだった。

熱海署の刑事たちがやって来て、調べ始めたのをしおに、小早川は、その場を離れた。

亜矢が、傍に来て、

「知ってる人？」

「名前は知らないが、おれの腕を切った男だ」

「間違いない？」

「ああ。あの身体つきは、その時の犯人だよ」

「じゃあ、あなたの予想が適中したわけね。口封じに、殺された——」

「そうだな」

「感想は？」

と、亜矢が、きいた。

「そろそろ、おれから離れていた方がいいな」

と、小早川が、いった。

「それ、どういうこと？　警告？」

「少しずつ、物騒になってきた」

「でも、あなたは、そうなることを望んでいたんでしょう？」

「ああ。だから、喜んでいる」

小早川は、ニヤッとした。

「それなら、いいじゃないの」

「だが、あんたは、女だ」

「女は弱いものだと、決めつけないで欲しいわ」

「とにかく、危ないまねは、止めた方がいい」

「止めないわ」

と、亜矢は、強い声で、いった。

「じゃあ、勝手にしたらいい。だが、おれは、あんたを利用するかも知れないぞ」

小早川は、笑いを消した顔で、いった。

「利用するって、どういうことなの？」

「おれが、今、考えてることは、六年前の復讐《ふくしゅう》だ。それ以外のことは、考えていない」

「ええ」

「そのためには、あんただって、利用するかも知れない。いや、利用する」

「いいわ。利用しなさい」

と、亜矢は、いった。

「何もわかってないな」

と、小早川は、小さく呟《つぶや》いてから、急に、ホテルに向って、歩き出した。

「昨日、金次社長にインタビュー出来たのか？」

小早川は、普通の顔に戻って、きいた。

「出来たわ」

亜矢が嬉《うれ》しそうに、いった。

「その話を聞きたいな」

「じゃあ、特別に、あなたにだけ、話してあげるわ」

ホテルに着くと、二人は、ロビーにあるティールームに入った。

亜矢は、コーヒーだけを注文し、朝食を食べていない小早川は、トーストと、目玉焼きとサラダを注文した。

小早川は、勢い良く食べながら、

「金次は、よく、インタビューに応じたね」

と、いった。

「私は、プロですからね」

「プロねえ」

「プロのジャーナリスト」

と、いってから、亜矢はクスリと笑った。

「ひょっとすると、私が女だから、彼は、インタビューに応じたのかも知れないけど」

「あの男は、女に甘いからな」

小早川は、笑って、フォークを置き、コーヒーに手を伸ばした。

「それで彼に何を聞いたんだ？」

「六年前の事件について」

「ふーん」

と、小早川は、鼻を鳴らした。

「あの事件については、徹底的に調べたわ。それで、犯人にされたあなたに興味を持ったの。裁判記録を見て、あなたに不利な証言をした熱海と、湯河原の何人かのお偉方の名前は、わかったわ。それに、唯一人、あなたに有利な証言をした芸者さんのこともね。ただ、金次社長の立場がわからなかった。裁判でも、彼は五十億円の資金を熱海と湯河原に投下したいと思っていたのにこんなことになって残念だとしか証言していないわ」

「ああ。あいつも、事件の被害者だったからな」

と、小早川は、いった。

「でも、事件の元凶だわ。彼が、五十億円の投資話を口にしなければ、殺人事件は起きなかったんですからね。それについて、どう考えているか、それを聞きたかったのよ」

と、亜矢はいった。

「金次が、どう考えたか、知りたいね」

「これを聞いたらいいわ」

亜矢は、小型のボイスレコーダーを取り出して、再生のスイッチを入れた。

亜矢「私の近代ウイークリイでは、六年前の殺人事件について、特集しています」

金次「拝見しましたよ」

亜矢「感想は？」

金次「私には、何ともいえない。小早川クンが、刑務所に入ったが、彼が真犯人かどうか、私にもわからない。とにかく、悲しい事件だったよ」

亜矢「失礼なことを聞きますけど、五十億円を本当に、投資するつもりだったんですか？」

金次「もちろんだ。ファストフードと、温泉を結びつける。いい企画だと思っていたからね。あの頃も安い食事と、温泉が、人気だった。それが結びつけば、絶対成功するという確信があった」

亜矢「でも、結局、駄目になりました。原因は、何だったんですか？」

金次「今もいったように、殺人事件が起きてね。それで、駄目になった」

亜矢「でも、あの事件は表面上は、湯河原のワルが、クラブのママと、痴話ゲンカの末に殺しただけのことですわ。当時の警察も、そう発表しているし、マスコミも、そう報じています」

金次「そうだったかな」

亜矢「ですから、あの事件は、本当は、金次さんの投資とは、関係がなかったんじゃありませんか？」

金次「まあ、そうなんだが、あの殺人事件で、急に、投資意欲がなくなってしまってね」

亜矢「それは、おかしいと思いますわ」

金次「おかしい？　何故だね？」

亜矢「あなたは、何かの雑誌に、こう書いています。私は、今まで、縁起をかついだことは、一度もない、とですわ。殺人事件の起きた建物でも、安く買って改造し、それをチェーン店に加えたとも、お書きになっています」
金次「そうだったかね」
亜矢「殺人事件が起きて、熱海も、湯河原も、評判が落ちている時ですから、土地でも、安く叩ける筈ですから、何故、そうしなかったんですか？」
金次「何しろ六年前のことだからね。細かいことは、忘れたよ」
亜矢「近代ウイークリイに書いたんですけど、六年前、殺されたクラブのママの仁科あいさんが、あなたに、土地を買わせようとしたりした有力者の悪口をいって、止めさせたので、怒った有力者の一人が、或いは何人かが、彼女を殺したんじゃないかという内容ですけど、読んで下さいましたか？」
金次「だから、小早川クンは、無実という書き方でしたね」
亜矢「ええ」
金次「私は、小早川クンが、シロかクロかはわからなかったと、いった筈だよ」
亜矢「じゃあ、金次さんが、仁科あいさんに、いろいろ聞いたことはなかったんですか？」

金次「私は、そんな姑息《こそく》なマネはしない」
亜矢「そうなんですか」
金次「当たり前だ」
亜矢「それで、今回、初島に来られたのは、どうしてなんですか？　今も、熱海と、湯河原にはいい思いがないと、おっしゃってたのに」
金次「偶然だよ。最近、船を買ったので、ここへ来ただけのことだ」
亜矢「ＭＡＳＡＭＩという船でしょう。拝見しました。きれいな女の方が、乗っていましたわ」
金次「知り合いの女性でね。それだけだよ」
亜矢「改めて、熱海と湯河原に投資するお考えはないんですか？」
金次「今はないね。しかし、今もいったように、私は、商売人だ。おいしい話があれば、考えるのに、やぶさかじゃないよ」
亜矢「九月に、お孫さんが誘拐されましたが、あの事件については、どうお考えですか？」
金次「孫が無事に帰って来て、ほっとしているよ。それだけだ」
亜矢「犯人に対しては？」

金次「もちろん、早く捕まって欲しいと思っている。それだけだ」

4

これで、インタビューは、終っていた。

「面白いな」

と、小早川は、いった。

「面白いって？」

「金次社長は明らかに嘘《うそ》をついている」

「ええ」

「問題は、なぜ、嘘をついているかだな」

小早川は続けた。

「おれは刑務所の中で、ずっと考え続けた。真犯人は誰なのかをさ。わからなかったが、法廷で、おれに不利な証言をした人間の名前と顔と、証言の文句を何度となく、思い出したよ」

「わかるわ」

「じゃあ、金次社長は、六年前の殺人事件には、関係ないと、思うわけ？」

と、亜矢は、きいた。

「そう思っていたが、ここへ来て、少し変ってきた。ただ、痴情から、ママを殺すことはとても考えられない。理由は、今いったことだよ」

「じゃあ、他の理由で、殺した可能性は、あるわけね？」

「そうだよ」

「どんな理由が、考えられるの？」

亜矢が、きいた。

「それが、わからなくて、困ってるんだ」

小早川は、眉《まゆ》を寄せた。が、次の瞬間、一層、難しい顔になった。

二人の男が、ティールームに入って来たからだった。

十津川と、亀井だった。

「やぁ、お揃いですね」

と、亀井が、二人に向って、声をかけた。

小早川は、考えの腰を折られた気分で、むっとして、二人の刑事を睨《にら》んだ。

亜矢の方は、週刊誌の記者の眼に切りかえて、

「十津川さんたちは、何の用で、初島へ来たんですか?」

と、きいた。

十津川たちは、近くのテーブルに腰を下した。コーヒーを注文してから、亀井が、

「男の死体が揚《あが》ったと聞いてね。所管は違うが、丁度、熱海にいたので、見に来たんだ」

と、いった。

「身元は、わかったんですか?」

「ああ、K組の松浦明というヤクザとわかった。もっとも、K組は、松浦明を破門したといってるがね」

「やっぱり、ヤクザだったんですか」

「あれは、明らかにリンチだな。殺して、海に放り込んだんだ。何かミスをやらかしたんだよ」

と、亀井は、いい、じろりと、小早川を見た。

「おれには、関係ないよ」

小早川が、そっぽを向いた。

「そうかね。あのヤクザが、君に切りつけたんじゃないのか?」

亀井が、追い討ちをかけた。

「そうだったら、どうなんだ？」

「まさか、君が殺して、海に放り込んだんじゃないだろうな？　そうなら、逮捕するぞ」

「カメさん。それは違うよ」

と、十津川が、口を挟んだ。

亀井は、笑って、

「わかっていますが、ちょっと脅かしてやっただけですよ」

「それにしても――」

と、十津川は、小早川と、亜矢を等分に見て、

「初島に、大集合だね。金次社長も来ていて、君たちもいて、その上、死体まで、やって来た」

「本当は、死体のことで、来たんじゃないんでしょう？」

と、亜矢が、きいた。

「どうして？」

と、十津川が、笑った。

「金次社長が、初島へやって来た。その上、小早川さんも初島へ行ったと聞いて、お二人で、来てみたんじゃないんですか？　そうしたら、たまたま、島に死体が揚った。そういうことなんじゃありませんか？」

「面白い見方をするんですね」

と、十津川は、いった。

「でも、それが、正解じゃないんですか？」

「どちらも正解。ということにしておきますよ」

と、十津川は、いった。

「おれは、もう部屋に行く」

と、いって、小早川は、立ち上ると、ティールームを出てしまった。

亜矢は、逆に、コーヒーを持って、十津川たちのテーブルに移って来た。

「前に聞きましたけど、十津川さんたちは、九月の誘拐事件の犯人は、小早川さんだと思っているんでしたね」

「容疑者の一人です」

と、十津川は、訂正した。

「その誘拐事件で、人質になったのは、金次社長の孫娘だった」

「そうです。身代金は、二千万円」

「人質は、無事帰されたが、犯人も捕まらず身代金も返って来なかったんでしたね？」

「そうです」

「被害者の金次社長は、このホテルに泊まっていて、容疑者の小早川さんも、同じホテルにやって来た。警察としては、どうしても、初島に行く必要があると、思ったんでしょう？」

「あなたは、なぜ、初島のこのホテルに来たんです？」

十津川は、逆に、きいた。

「決っているじゃありませんか。私は、近代ウイークリイの記者で、六年前の事件を追っかけているんです。小早川さんが、初島へ行けば、私も、行くんですよ」

と、亜矢は、いった。

「君は、今も、彼は、六年前の殺人事件について、無実だと信じているのかね？」

亀井が、きいた。

「ええ。信じています」

「理由は？」

「彼が、自分で、無実だといっています。それに、無実だと信じなければ、雑誌は、彼を追いかけませんよ」

と、亜矢は、いった。

「彼は、金次社長のことを、どう思っているんだろう？　六年前の事件は、元をただせば、金次社長の五十億円の投資話から始まっている、とも考えられるんだからね。恨んでいるんじゃないのかね？」

十津川が、きいた。

「どうでしょう。私には、わかりませんわ」

「わかりませんか」

と、十津川は、苦笑して、

「しかし、金次社長に対して、何か思うところがあるから、小早川さんは、このホテルに、やって来たんだと思うんですがね」

「直接、小早川さんに、お聞きになったら、どうなんですか？」

亜矢が、からかい気味に、いう。

「あなたは、金次社長に会ったんですか？」

「ええ。インタビューさせて貰いました」

「それを聞かせてくれませんか？　テープにとってあるんでしょう」

「それは、次号を読んで下さい。載《の》りますから」

と、亜矢は、いった。

「彼には、聞かせたんじゃないのかね？」

亀井が、睨むように、いった。

第十章　冷たい微笑

1

急に、風が室内に流れるのを感じて、金次正之は椅子《いす》から立ち上った。ナイトガウンの紐《ひも》を、結び直して、廊下に出て、部屋の入口に向いかけて、そこで金次は立ちすくんだ。

男が一人、立っていたからだった。

「久しぶりだな」

と、男がいった。

「お前か」

「そうだよ。おれだよ」

「どうやって、入ったんだ？」

「六年前から、おれは、有名なワルだったからな。こんなホテルのドアぐらい、簡単に開けられる」

「そうだな。何の用だ？」

「あんたと、ちょっと、話がしたくてな」

「じゃあ、こっちへ来い」

と、金次がいった。

彼は、相手を、窓際の洋室に案内した。窓の向うに、夜の海が広がり、沖のいさり火が、見えた。

男は、ソファに深々と腰を下した。

「何を飲むね？」

ホームバーの中から、金次が、きいた。

「相変らず、豪華な部屋だな」

と、男が、いう。

「このホテルで、一番高い部屋だ。君は、あのクラブで、いつも、ブランデーを飲んでいたな」

「それでいいかね？」

「出来れば、ナポレオンにしてくれ」

「あるよ」

と、金次は、いい、自分は、ビールにした。

金次は、ブランデーを相手にすすめてから、

「確か、小早川クンだったな」

「なぜ、いちいち確認する？」

と、相手は笑った。

「何しろ、六年前に会って以来だからな。確かめたいんだよ」

と、金次はぎこちなく笑った。

小早川は、ブランデーを口に運んでから、煙草に火をつけた。

「もう一度、聞くぞ。私に何の用だ？」

と、金次が、いった。

「なぜ、今頃初島へ来たんだ？　いや、熱海へ来たんだ？」

小早川が、きいた。

「ああ」

「クルーザーが完成したので、この初島へ寄ってみただけだよ。それだけだ」

と、金次はいった。

「MASAMI号なら、見て来たよ」

「いい船だろう。気に入ってるんだ」

「あの大きさなら、八丈島ぐらいまで、楽に行けるだろうに。陸から、二十分で着ける初島なんかに、なぜやって来たんだ？」

と、小早川は、きいた。

「熱海からは、二十分でも、三浦半島に私が持ってるマリーナからなら、かなりの距離だよ」

「熱海に来たわけじゃないということか？」

「そうだ」

「じゃあ、これを見ろ」

小早川は、ポケットから取り出した写真をテーブルの上に、バラ撒《ま》いた。

「よく見ろ。あんたが、初島へ来てから、ここに、あんたに会いに来た連中の写真だ」

と、いってから、小早川は、ニヤッと笑った。

「面白いな。熱海の岡崎ホテル・サンライズオーナー、本田市会議員、沢口弁護士、塚本ゆかり、それから、湯河原の二上土地社長、スーパー経営者の赤木、失踪《しっそう》中の旅館青山荘の女将《おかみ》、高橋君子と経営コンサルタントの佐伯涼。この八人だ。全部、六年前の裁判で、おれに不利な証言をした人間ばかりなんだよ。どういうことなんだろうね？」

「それは、気がつかなかったな」

と、いい、金次は、写真を一枚ずつ、見ていった。

「なるほど。そういわれれば、そうだな。気がつかなかったね。君が、撮ったのか？」

「おれにも、仲間がいてね」

「そうか。私のことを、いやに、じろじろ見ている男がいたが、あれが、君の仲間か」

「何の用があって、この連中が、わざわざ、あんたに、会いに来たんだ？」

小早川が、金次を見すえて、きいた。

「商売の話だよ」

と、金次は、いった。

「商売？」

「六年前と同じで、今も、温泉地は、どこも不景気だ。熱海も、湯河原もね。この八人は、君のことで、証言した人間でもあるが、私に、商売を持ちかけて来た人間でもあるんだ。私も乗り気だったが、あんな事件があって、駄目になってしまった。この人たちは、それでも、忘れずに、私が来たと知って、わざわざ訪ねて来て、もう一度、商売をやりませんかと、持ちかけてきたんだよ。ありがたいじゃないか」

「それで、あんたは、何と答えたんだ？」

「そのつもりで、初島へ来たんじゃなかったから、考えさせてくれといったが、こんなに熱心にすすめてくれるので、何とか、しようとは、思っているよ」

と、金次は、いった。

「ふーん」

と、小早川は、鼻を鳴らしてから、

「六年前、おれは罠にかけられて、殺人犯に仕立てられ、刑務所に放り込まれた」

「私は、君は、無実だろうと思っているが、多くの人は、君が、犯人だと思っているんじゃないのかね」

と、金次は、いった。

「おれは、シロだ。誰かが、あの日、仁科あいを殺して、おれに罪をなすりつけたんだ」

「誰がかね？」

「おれは、刑務所の中で、ずっと、それを、考え続けた。ひょっとして、あんたじゃないかと思ったこともある」

小早川がいうと、金次は、声を立てて笑った。

「おかしいか」

小早川が、きく。

「当たり前だ。私が、なぜ、あのママを殺さなければならんのかね？　ママにふられて、かっとして殺したか。申しわけないが、私は、女にふられたことはないんだよ。もちろん、私の金の力のおかげだがね」

金次は、言葉を続けた。

「それに、私は、かっとして女を殺すタイプじゃない。トクにならないことはやらない男だ。女を殺すなんてのは、世の中で一番トクにならないことだからね」

「そうだ、あんたは、そういう人だ」

と、小早川は、肯いた。

金次は、ニッコリして、

「わかってくれればいいんだ」

「もう一つ、聞きたいことがある」

と、小早川は、いった。

「何だね？」

「この初島に、若い男の死体が、流れついた。あんたの船が、ここに着いてすぐだ」

「そのことは、聞いているが、私には、関係ない」

「その男は、K組の松浦明といって、誰かに頼まれておれを襲ったが、失敗した。それで、口封じに殺されたと思っている」

「なるほどね」

「足に重しをつけて、初島の沖に沈められたが、その重しが外れて、浮かびあがり、初島に流れついた。警察も、そう見ている。あんたが、あのクルーザーで、運んで行って、海に放り込んだんじゃないのか？」

と、小早川は、きいた。

「よしてくれ。私は、そんな荒っぽいマネは、やらないよ。一緒に来た女が、知っている」

と、金次は、いった。

「あの女か。いい女だ」

「私は、女に不自由しないといっただろう」

と、金次は、笑ってから、

「名前は、相川エミ。二十八歳で、ああ見えても女医だよ。よかったら、紹介するがね」

「いつか、お願いするかも知れん」

と、小早川は、いった。

彼は、何本目かの煙草を、灰皿でもみ消してから、立ち上った。

「おれは帰る。一一〇番してもいいぞ」

「そんな詰らんことはやらん。刑事が来て、あれこれ説明するのも、面倒だからね」

「いい心がけだ」

「私も、一つだけ、君に聞きたいことがある」

と、金次は、いった。

小早川は、突っ立ったまま、

「何だ？」

「私の孫のまさ美を誘拐した犯人は、君か?」

金次が、ずばりと、きいた。

小早川は、小さく笑った。

「さあ、どうかな」

と、だけいい、小早川は、部屋を出て行った。

金次は、小さく吐息をつくと、テーブルの上に散らばっている八人の写真に眼をやった。

そのあと、写真を束ねて、引出しに、放り込んだ。

ガウンのポケットから、愛用のダンヒルのパイプを取り出した。

ゆっくりと、煙草の葉を詰めていく。

ライターで、火をつける。

ソファに身体をうずめて、パイプを、くゆらしてみる。

だが、なかなか落ち着いた気分になれなかった。

2

電話が、鳴った。

受話器を取った金次は、不機嫌さをむき出しにして、

「何だ？　何の用だ？」

と、きいた。

「本田です。熱海市会議員の」

相手が、声をひそめて、いった。

「本田先生か。何です？」

「大丈夫ですか？」

と、本田が、きく。

「大丈夫って、何のことです？」

「今、伺《うかが》おうとしたら、金次さんの部屋から、小早川が出て来るのを見たもので、心配になりましてね」

と、本田は、いった。

「別に、何もありませんよ」

と、金次は、いった。

「これから、お邪魔したいんですが、構いませんか？」

「どうぞ、構いませんよ」

と、金次は、いった。
二、三分して、インターホンが鳴り、本田が、入って来た。
「こんな時間に、申しわけありません」

と、本田は、頭を下げた。

「何の用ですか？」

金次は、新しい煙草をパイプに詰めながら、きいた。

「この初島に流れついた男の死体のことなんですが」

「それが、どうしたんですか？　この前見えた時は、何もいわれてなかったが」

と、金次は、いった。

「あの時は、ひたすら、金次さんに、お願いすることに気がいっていまして」

と、本田は、いった。

「それで、島に流れついた死体だが、警察に聞きましたよ。東京の暴力団Ｋ組の人間だとか」

「そうなんです。松浦明という男です」

「本田先生は、そのヤクザと、何か関係があるんですか？」

金次が、意地悪く、きく。

「実は、一週間くらい前に、私は、小早川に、殴られましてね」

「殴られた？」

「夜、歩いているところを、いきなりです。相手の顔は見えませんでしたが、間違いなく、あれは、小早川か、奴の仲間です」

「それで？」

「私は、怖くなりましてね。次は、殺されるんじゃないかと思ったんです。昔から、奴は、ワルで、私たちを恨んでますからね。それで、岡崎さんに、相談したんですよ」

「ホテル・サンライズのオーナーの？」

「そうです」

「それで？」

「岡崎さんも、小早川には、頭に来てたらしく、奴のことは、委《まか》せてくれといわれたんです」

「それが、K組の松浦明になったんですね。そいつに小早川を痛めつけさせようと」

「岡崎さんは、顔が広いんですよ。その方面とも、つき合いがあるのは、その時、知りました。うまく、小早川を痛めつけて、逃げ出せば安心できるぞと思ったんですがねえ」

本田が、溜息《ためいき》をついた。

「失敗した？」

「そうなんです。顔も見られずに、徹底的に痛めつけて、小早川が、逃げ出すようになる筈だったんですがね。松浦の奴、小早川に顔は見られるわ、腕に切りつけても、小早川はすぐに、退院してしまったんです。こうなると、松浦が警察に捕まって、べラベラ喋ったら大変なことになると、逆に、怖くなってしまったんです。岡崎さんは捕まるだろうし、私だって、オチオチしていられませんからね」

「それで、本田先生が、松浦というヤクザを殺したんですか？」

と、金次がきく。

本田は、あわてて、首を横に振って、

「とんでもない。私には、人殺しなんか、とても出来ません」

「じゃあ、岡崎さんが、口封じに、殺したんですか？」

「岡崎さんじゃないでしょう」

「それでは、誰が？」

「こういうことだと思います。K組の組長が、落とし前をつけたんじゃないかと。組長が、岡崎さんから金を貰って、小早川を痛めつけ、逃げ出させるのを頼まれたのに、松浦明が、失敗したんですからね」

「なるほど、筋は通っていますね」

「それはいいんですが、金次社長さんが、初島に来られた時に、松浦明の死体が、島に流れついてしまって、ご迷惑をおかけしたんじゃないかと思いましてね」

と、本田は、いった。

「迷惑って、どういうことです？」

意地悪く、金次は追及した。

「それはつまり、金次さんが、警察に疑われてしまっては、申しわけないと、思いまして」

と、本田は、いった。

「ああ、確かに、迷惑してますよ」

と、金次はいった。

「さっき来た小早川も、私が、ヤクザを殺したんじゃないかみたいなことをいって、帰りましたよ」

「申しわけありません」

と、本田は、また、頭を下げた。

「それにしても、小早川は、何しに、ここへ来たんですか？」

「まあ、これを、ご覧なさい」

金次は机の引出しから、例の写真の束を取り出して、本田の前に並べて見せた。

本田の顔が、赤くなった。

「誰が、こんな写真を？」

「小早川が、持って来て、私に見せたんですよ。彼の仲間が、私を見張っていて、撮ったらしい」

「それで、小早川は、何といってるんです？」

「ここに写っている八人は、全部、六年前の事件の時、おれに不利な証言をした奴等だといっていましたよ。その連中が、何の用で、私を訪ねて来たのか、教えてくれといいましたね」

「それで、金次さんは、何と答えられたんですか？」

「六年前と同じで、商売の話をしに来たんだと、いっておきましたよ」

「そういって下さったのなら、何もいうことはありませんが」

本田は、ほっとした顔になった。

金次の方は、皮肉な眼つきになって、

「私は、事実をいったまでですよ」

「その通りです」

「私は、他のことで、ちょっと、引っかかっているんですがね」

金次は、思わせぶりに、いった。

「どんなことでしょうか？　熱海のことで、何か、ご心配のことがあれば、善処致しますが」

「例の死体のことでね」

「ああ、K組の松浦という男の死体のことですか」

「警察の話では、殺されたあと、重しをつけられて、海に沈められたが、その重しが外れて、浮かび上り、この島に流れついたということだった」

と、金次は、いった。

「そうらしいですね」

「私が、この島に着いた翌日、死体が、流れついている」

「そうなりますが」

「警察の話だと、殺されたのがヤクザで、重しが、そんなに簡単に外れるのは、考えにくいというんですよ。重しをつけて、海に沈めるのは、死体を発見されにくくするためだからという。そう考えれば、納得できますよね」

「それはそうですがね」

「と、すると、私が、初島に来るのを狙って、松浦の死体を流したのではないかと、つい勘ぐってしまったんですがね」

「誰が、そんなことをするんでしょうか？」

　本田が、きく。

「そりゃあ、私のことを、心良く思わない人間ということになりますがね。私を脅迫するつもりで、そんなマネをしたのか」

「とても考えられませんが――」

　本田が、当惑した口調で、いった。

「本田先生は、そんなことをなさる方じゃないことは、よくわかっていますよ」

と、金次は、微笑したあとで、

「中には、私のことを、心良く思わない人もいるんじゃないかな。何といっても、私は他所者《よそもの》だから」

「そんなことを思っている人間は、一人も、おらんと思いますよ。全員が、金次さんを歓迎しています」

「私じゃなくて、私の金じゃないんですか?」

「その両方です。ぜひ、当地のために力を貸して頂きたい。当地に住んで頂きたいと、みんな願っているのです」

本田は、必死の表情で、いった。

だが、金次は、相変らず、皮肉な眼つきのまま、

「今のヤクザの死体のことですがねえ」

「ええ」

「私は、岡崎さんが、怪しいと、睨んでいるんですがね」

と、いった。

「まさか――」

と、本田が、絶句した。

「とにかく、明日までに、一千万円貸して下さい！」

「一千万ですか」

「もともと、あなたは、六年前、二億円を融資してくれて、店の共同経営者になってくれる筈だった。それなら、今、一千万円くらい、融資してくれてもいいでしょう」

と、赤木は、いった。

「六年前、あの殺人事件さえなければ、私も、共同経営者になれたのにと、残念で仕方がありません」

「今でも、共同経営者になってくれるなら、喜んで、経営権を半分、おゆずりしますよ」

「残念だが、六年の間に、おたくの経営状態は、だいぶ悪くなっていますね。ちょっと、食指が、動かなくなりました」

と、金次は、冷静な口調で、いった。

「不景気が、ずっと、続きますからね。でも、私は絶対に、立ち直って見せる。その自信もあります。だから、何としてでも、一千万円が、必要なんです。お願いします！」

赤木は、また、大きく頭を下げた。

金次は、パイプをくわえたまま、ソファから立ち上ると、一千万円の包みを持って来て、テーブルの上に置いた。

「ああ、ありがとうございます！」

と、赤木が、大声をあげた。

「ただ、条件があります」

と、金次が、いった。

「利息なら、年一割でも、二割でも、お支払いしますよ」

「銀行と同じ利息で、結構です」

「それでは、何を？」

「この写真を見て下さい」

金次は、小早川の置いていった写真を、見せた。

「これは、あなた方が、私に会いにきたのを、小早川が、盗み撮りしたものです」

と、金次は、いった。

「あの男にも、困ったものです」

赤木も、眉をひそめた。

「小早川が、どうして、みなさんの写真を撮ったかわかりますか？」

と、金次がきく。

「わかりませんが――」

「彼は、この八人の中に、六年前の事件の真犯人がいると、思っています」

「そんな筈はない。犯人は小早川ですよ」

「彼は、今日、突然、私を訪ねて来て、その写真を見せたんです。そしてこういった。六年前、おれは、罠にはめられた。真犯人は、この八人の中にいる。一人か、或いは、何人かで、仁科あいを殺し、おれを犯人に仕立てたといっています」

「あなたに何をいいに来たんですか？」

「そんな連中だから、用心した方がいいと、私に忠告してくれましたよ」

と、金次は、いった。

「何というやつだ！」

赤木は、声を大きくした。

「あなたを含めて、この八人は、六年前の事件のとき、裁判で、不利な証言をした。そのことを、ひどく恨んでいますねえ」

「――」

「私は、あなた方が、真犯人だという小早川の言葉を信じているわけじゃありません。

彼は、あの頃も、今も、ワルだからねえ。ただ、今のままでは、小早川は、やたらに、私の所へ来て、みなさんの悪口をいい続ける。あなたに一千万円を融資すれば、なぜ、人殺しにそんな金を貸すのかと、いってくるに、決っています。私は、そんな雑音が、迷惑でね。ここに、来たくなくなってくるんですよ。六年前と同じようにね」

「わかりました」

と、赤木が肯いた。

「本当に、わかったんですか？」

「つまり、小早川が、邪魔だから、消してしまえばいいということですね」

と、赤木はいった。

「消せなどとはいっていませんよ。ただ、小早川がいると、あなたに、一千万円の融資も出来なくなってくるということです」

と、金次は、いった。

「それで、一千万は、貸して頂けるんでしょうね？」

「どうぞ、お持ち帰り下さい」

と、金次は、いった。

赤木は、用意して来た借用書を、金次の前に置くと、一千万円の束を、バッグに入れた。

「恩に着ます。助かりました」

と、赤木は、ペコペコ頭を下げた。

「その一千万円で、私も嬉しがらせて下さいよ」

と、金次は、いった。

赤木が、あわてて、出て行くと、金次は、

「調子のいい男だ」

と、呟いた。

(あまり、信用が、おけないな)

それも胸の中で、考えた。ただ、金のためには何でもやるだろう。

4

翌日、金次は、初島のホテルから、船に移った。船のFAXに報告が、入った。

本田からのFAXだった。

〈岡崎氏の経営するホテル・サンライズの経営状況について、内密に調べたことを、完全ではありませんが、取り敢えず、ご報告致します。岡崎氏は、あのホテルを、十二億円で買い取ったといっていますが、実際には、七億円で買収しています。

その後、一億五千万円をかけて、改修しており、その当初は、客もよく入り、黒字経営になりました。しかし、その後、他のホテルと同じように、赤字経営に落ち込んでいます。九十パーセントを超す稼働率というのは、嘘で、六十パーセントから、七十パーセントの間で、推移しています。

また、専門家の評価によると、あのホテルの現在の価値は、二億円以下だろうといわれます。

ホテルは、岡崎KKが所有し、経営していますが、現在、M銀行と、S信金から、合計二億五千万円の融資を受けていますが、ここへ来て、返済が、とどこおっているようです。

岡崎氏と、K組の関係は、はっきりしませんが、あのホテルを手に入れるとき、K組の幹部が動いたという噂は、あります。

以上です。

また、何かわかりましたら、FAX致します。

本田　英一郎〉

金次は、眼を通したあと、ホテル・サンライズの社長室に電話をかけた。

「岡崎さんですか。金次ですが、明日の午前、お出で下さいませんか。初島のマリーナに繫留されている船におります。船の名前は、MASAMIです」

「明日の午前十時に。それでいいですか？」

「結構です」

と、金次は、いった。

翌日の午前十時きっかりに、岡崎は、金次の船にやって来た。

キャビンで、会った。

相川エミが、紅茶を出した。

その後姿を見送ってから、岡崎は、

「あなたが、羨《うらや》ましい。美しい人だ」

と、いった。

「だが、怖いですよ」

と、金次が、笑った。

「どう怖いんです?」

「彼女は、女医です」

「お医者? いいじゃありませんか。万一の時、助けて貰える」

「しかし、怒ったら、一服盛るかも知れません」

と、金次は、いった。

「なるほど。そういう意味では、怖いかも知れませんな」

と、岡崎も笑った。

「ところで——」

と、金次は顔から笑いを消して、

「ホテル・サンライズの件ですが」

「一億円の融資を考えて頂けましたか?」

「二億円で、あのホテルは、買えるそうですね」

第十一章　射殺

1

熱海署で、静岡県警の土屋警部たちと、十津川、亀井が、会合を持った。

若い土屋の要請だった。

部屋には、初島の写真と、地図が、広げてあった。

「今、金次正之が、初島に来ています」

と、土屋が、いった。

「そうらしいですね。船で来たと聞いていますが」

と、十津川が、応じた。

「問題は、金次が、何のために、今頃、初島へ来たかということです。六年前金次の金をめぐっていろいろあって、それが、殺人に繫《つな》がったともいわれていますから」

土屋が、はっきりした口調で、いう。

「六年前と同じ理由ですかね。熱海と湯河原に、投資したいということで。今、六年前と同じで、投資のチャンスともいわれますから」

十津川は、当たり障りのないことを、いった。

「金次が泊まっているホテルの支配人や、フロントに電話して、確認しましたが、彼に会うために、何人もの人間が、初島参りをしています」

土屋はそのメンバーのメモをコピーして、十津川と亀井の二人に渡した。

「なかなかのメンバーですね」

「小早川は、どう考えても、金次に、仕事の話をしに来たとは思えませんね」

と、亀井が、いった。

「それ以上に興味があるのは、熱海と湯河原の八人が、全て、六年前の裁判で、証人として出廷し、小早川に不利な証言をしていることなんです」

土屋が、訝《いぶか》しげに、いう。

「すると、ただの商売の話ではないということですか？」

「そこまでは、まだわかりませんが、ただの投資話とは思えないのです。それから、小早川の動きも、不気味です。彼の仲間の男も、初島にいますから」

「仲間？」

「若い男で、腕時計を質入れした人間と同一人物です。若宮所長の描いた似顔絵を、警察庁に照合したところ、長友進という二十九歳のチンピラとわかりました」

「二人で、何をしに、初島へ行ったのかわかりますか？」

と、亀井が、きいた。

「今のところ、わかりません」

「近代ウイークリイの女記者も、会っているんですね」

十津川は、メモを見ながら、いった。

「ホテルの話では、彼女は、金次に、インタビューをしたそうです。記事にするつもりでしょう」

「金次は、六年前の事件のとき、小早川に不利な証言はしていないんでしょう？」

「していません」

「とすると、小早川は、金次に対して、恨みは、持っていないことになって来ますね」

と、十津川は、いった。

「そうなりますね」

「それなら、小早川は、何をしに、初島に行ったんでしょう？」

十津川は、この時、東京の誘拐事件のことを、考えていた。

十津川は、今でも、九月に起きた誘拐事件の犯人は、小早川ではないかと、考えていた。

金次も、孫娘を誘拐したのが、小早川ではないかと、疑いながら、理由があって、警察に話さないのではないかともである。

すべては、六年前の事件に、原因があるのではないかと、推理していたのだが、違っていたのか。

「土屋さんは、何を恐れておられるんですか？」

と、十津川は、きいた。

土屋は、眉《まゆ》をひそめて、

「私が、何を恐れているというんですか？」

「何か起きると、考えておられるんでしょう？　だから、私たちを呼ばれたんじゃありませんか」

と、十津川は、いった。

と、亀井が、きいた。

「そのことで、うちの県警内部でも、議論はありましたが、偶然だろうという声が、大きくなっています」

「小早川は、今、何処にいて、何を考えているかわかりますか？」

と、十津川が、きいた。

2

熱海の古い商店街の中に、「ラ・フランセ」という喫茶店がある。

戦後間もない昭和二十五年に、東京のサラリーマンが熱海に来て始めた店で、以来五十年以上にわたり、オーナーは、同じコーヒーを出し、同じトーストを出している。

壁には、オーナーが、こつこつと買い集めた絵がかかっていて、客を楽しませてくれる。

フランセという店名どおり、この店でかかるレコードは、全て、シャンソンである。

「この店を見つけてから、よく来るの。落ち着くから」

と、亜矢が、いった。

「全店クラシックか。オーナーもクラシックだ」

と、小早川が笑った。

オーナーの老人は、聞こえたらしく、ニヤッと、笑っている。

「ここへ呼び出して、何か用かい？」

と、小早川が、きいた。

店内は、うす暗く、レコードは、ダミアのものうげな声を、流している。

「昼間は、ここの窓から、初島が見えるわ」

「初島は、熱海の何処からだって見えるよ」

「でも、初島からは、初島は、見えないわ」

と、亜矢は、いった。

「何をいいたいんだ？」

小早川が、苦笑しながら、亜矢を見た。

「あなたには、あなたが見えない」

「鏡を見れば、見えるだろう」

「でも、鏡って、右と左が、逆に見えるのよ」

「そういえば、そうだが――」

「あなたは、六年前、無実の罪で、刑務所に入れられたので、真犯人に対して、復《ふく》讐《しゅう》の念に燃えている」

「いや。おれは、真実を明らかにしたいと思っているだけだ」

「それは、嘘《うそ》だわ」

と、亜矢は、いった。

「第一、そんなきれいごとは、あなたには似合わないわ」

「似合わないか」

と、小早川が、苦笑した。その笑い方は、彼女の言葉を半ば、認めている感じでもあった。

「あなたが、復讐に燃えてたって、無理もないと思うわ」

「ジャーナリストは、真実だけを追求するんじゃなかったのか？」

「もちろん、ジャーナリストとしてはね。でも、個人としての感情は、別だわ。ただ、心配なのは、あなたが、復讐の念に凝り固まってしまって、冷静に物事を見られないこと」

「どういうことだ？」

「自分が、危険な状況にあることを、もっと、考えないと」

と、亜矢は、いった。

「考えているよ」

「そうは、思えないわ。あなたのことを、みんなが、怖がってる」

「それは、連中に、やましいところがあるからだ」

「ええ。でも、窮鼠《きゅうそ》猫を噛《か》むってこともあるわ。甘く見ていると、大変なことになる。それが、心配なの」

と、亜矢は、いった。

「心配してくれるのは、ありがたいね」

「その茶化すようないい方は、やめてくれない」

亜矢は、真顔で、いった。

小早川は、少しあわてた顔になって、

「悪かった。だが、おれは、大丈夫だよ。連中に負ける筈《はず》がない」

「でも、湯河原の古木さんだって、K組の松浦という人も、殺されてるわ」

「ああ。連中が、追い詰められてる証拠さ」

「だから――」

「窮鼠猫を噛むか。おれは、むしろ、そうなって、貰《もら》いたいんだ」

と、小早川は、いった。

「困った人ね」

「おれが、危ないんなら、おれに近づかない方がいいな。遠くから見ていたら、いい」

「ふふ」

と、亜矢が、笑った。

「何だい？　その笑い方は」

「今のあなたより、私の方が安全だわ」

「カメラマンの男の子に守って貰ったらどうなんだ？」

「うちは、小さい出版社だから、カメラマンは、かけ持ちになることが多いの。今日と明日は、彼は、都内の事件の方に、駆り出されてるわ」

「間もなく終るよ」

と、小早川は、急に、真顔になって、いった。

亜矢は、「え？」という眼になって、

「どういうことなの？」

「おれの勘だがね。良くも悪くも、間もなく、決着がつく」

「よくわからないんだけど？」

「わからなくてもいいさ」

と、小早川は、また笑って、

「今日は、暖かいから、初島を見ながら、夜の海岸を散歩してから、湯河原に帰るよ」

「じゃあ、私も、行くわ」

「勝手だが、危ないかも知れないぞ」

「あなたは、不死身なんでしょう」

と、亜矢も笑った。

立ち上って、店を出た。

海岸通りを、突っ切って、海岸の遊歩道にあがった。

3

沖に、初島が、シルエットになって見える。明りは、ホテルのものだろう。

遊歩道のまわりには、熱海市が、若者向きにと考えて、造ったものが、いろいろと、並んでいる。

噴水があり、ソテツが並び、貫一《かんいち》お宮《みや》の像が、ある。初冬にしては、暖かい夜だった。

そのせいか、カップルの影が、何組か見えた。

ベンチに腰を下して、夜の海を見つめているカップルもいれば、砂浜で花火をしているカップルもいる。

沖に突き出した岸壁では、十二、三人が、夜釣りを楽しんでいた。

歩きながら、小早川が、煙草をくわえて、火をつけた。

その直後だった。

突然、銃声が、ひびき、閃光《せんこう》が走り、そして、亜矢が呻《うめ》き声をあげて、その場にしゃがみ込んだ。

「どうしたんだ？」

と、小早川が、叫ぶ。

亜矢は、しゃがみ込んだままだ。ジーンズの右足の付け根あたりから、血が流れ出している。小早川が叫ぶ。

「畜生！」

小早川は、携帯を取り出して、救急車を呼んだ。

「場所は、熱海の海岸の遊歩道だ。彼女が射たれた。すぐ来てくれ！　早く来い！」

そのあと、小早川は、ズボンの革バンドを抜き取ると、それを使って、亜矢の止血にかかった。

右足の付け根に、バンドを巻きつけて、強く締めつけた。

亜矢は、青白い顔で、

「私、射たれたの？」

「ああ、誰かが、射ちやがった」

「私、死ぬの？」

「これくらいで死ぬか！　バカ」

救急車のサイレンが聞こえ、亜矢は、駅近くの病院に運ばれた。

小早川は、一緒に行ったが、すぐ、刑事に囲まれることになった。

静岡県警の土屋警部が、五人の刑事を連れてやって来たし、十津川と、亀井の二人も、あとから、駆けつけた。

「彼女と二人で、遊歩道を歩いていたら、いきなり射たれたんですよ！」

小早川は、怒ったように、刑事たちに、いった。

「犯人を見たかね？」

と、土屋が、きく。

「夜の十時過ぎですよ。犯人が、見える筈がないじゃありませんか」

「君を狙《ねら》ったのが外れて、彼女に命中したのかも知れないな」

「そうです。おれが、狙われたんだ」

「犯人に、心当たりは？」

「ぜんぜん」

と、小早川は、首を横にふった。

「本当に、心当たりはないのかね？　あるんじゃないのか？」

「正直にいうとね」

「心当たりがあるんだな？」

「あり過ぎて、わからないんだよ」

と、小早川は、いった。

医者が、亜矢の足から、弾丸《たま》を摘出した。

狩猟などに使われるものだということだった。

「狩猟用か」

十津川が、亀井と、顔を見合せた。

「小早川が、獲物みたいに狙われたということですか」

と、亀井が、小さく笑った。

「プロの仕事じゃないな。プロなら、どこかで、拳銃を手に入れて、それを使うだろう。多分、この犯人は、せっぱつまって、自分のライフルを使って、小早川を狙ったに違いない。私は、そう思うね」

「だとすると、調べていけば、犯人は、自然にわかって来ますね」

「ただ、犯人は、当然、その銃は、始末してしまうだろうがね。或《あ》るいは、盗まれたというか」

と、十津川が、いった。

4

その夜が、更にふけて、日が、変り、午前二時を回った時刻に、ホテル・サンライズで、事件が、起きていた。

社長室のドアを開けた岡崎は、ぎょっとして、立ちすくんだ。

窓に向って、立っている男の姿を見つけたからだった。

男がくるりと振り向いた。

その手に、猟銃が、握られている。銃口を、岡崎に向けたまま、社長の椅子《いす》に腰を下した。

「おれを射った銃は、どうしたんだ？　隣りのガンケースを見たら、一丁、足りなかったぞ」

と、小早川は、いった。

「どうやって、入ったんだ？」

岡崎は、青ざめた顔で、きいた。声が少し、ふるえている。

「そんな心配するより、今、これから、自分の命がどうなるか心配したらどうなんだ？　この銃には、二発こめてある。おれが、引金をひけば、あんたは、間違いなく死ぬぜ」

「私を殺すのか？」

「今、それを考えてるんだ。それにしても、おれを銃で狙うんなら、確実に殺さなきゃ駄目だ。おれは、八人の中で、銃の所持許可を持ち、金にあかせて、何丁も銃を持っているのは、あんたしかいないと知ってるんだ」

「銃は盗まれたんだ」

「下手な嘘は、寒気がするな。今、おれが、あんたを射殺して、つい手が滑ったというのと同じような嘘だぜ」

「私は、嘘はついていない。銃を一丁、前から盗まれていて探していたんだ」

「誰なんだ？」

「盗んだ奴か？」

「バカ。おれを殺せと命令した奴のことだ」

と、小早川は、いった。

「何のことかわからない」

「クジか？」

「何だって？」

「六年前、おれを罠《わな》にはめた連中がいる。その連中が、おれが、目障《めざわ》りになって来て、殺そうと考えた。だが、おれがやるという勇気のある奴がいない。それで、クジを引くことになって、あんたが、当たったのか？」

「何のことをいってるのかわからないが――」

「まあいい」

小早川は、立ち上ると、

「これは、あんたの椅子だったな。悪いことをした。座ってくれ」

「――」

「座れ！」

と、小早川が、怒鳴った。

岡崎が座った。

「スリッパを脱ぎ、靴下も取って貰おうか」

と、小早川が、いった。

「何をするんだ？」

「銃で自殺するには、銃口を口にくわえて、足の指で、引金をひく。それをやって貰う」

「バカなことをするな！」

岡崎が、悲鳴に近い声をあげた。

「六年前、仁科あいを殺したのは、あんたか？」

小早川は、銃口を岡崎の鼻先に突きつけて、きいた。

「私じゃない」

「じゃあ、誰だ？　本田か？」

「知らん」

「弁護士の沢口か？」

「知らん」

「おまえの女だった塚本ゆかりか？」

「知らん」

「じゃあ、湯河原の連中か？」

「私は、何も知らないんだ」

「あの時、裁判で、八人全員が、揃《そろ》っておれに不利な証言をしたのは何故なんだ？」

「それは――」

「それは、何だ？」

「みんな、あんたが、ママを殺したと思っていたからだ」

「嘘だ」

「嘘じゃない」

「しめし合わせたくせしやがって」

小早川が、いったとき、彼のポケットで、携帯が鳴った。

「くそ！　こんな時に」

小早川が舌打ちする。

岡崎が、椅子の上で、身動きする。

小早川は、いきなり、銃身で、岡崎を殴りつけた。

悲鳴と共に、岡崎の身体が、椅子から、転げ落ちた。

そのまま、動かない。

小早川は、携帯を耳に当てた。

「誰だ？」

「おれだよ」

と、長友がいった。

「何の用だ？」

「テレビで、彼女が射たれたというのを聞いたんだ」

「おれを狙った奴が、下手《へた》くそで、彼女に当たったたんだ。今、何処にいるんだ？　初島か？」

「兄貴のことが、心配になって、熱海の病院へ行ったんだが、面会を断られた。兄貴は、何処なんだ？」

「これから、湯河原の青山荘に帰る」

と、小早川はいった。

「青山荘の女将《おかみ》は、しばらく、行方不明になっていたんだろう?」

「そうだ。三日間、いなくなっていた。その間、何処で、何をしていたかわからないが、初島に、金次に会いに行っている」

「ああ。おれが、デジカメで、撮ったんだ。あれ、役に立ったか?」

「ああ、役に立ったよ」

と、いって、小早川は、電話を切った。

まだ、岡崎は、気を失ったままだった。小早川は、二連銃の銃床についた自分の指紋を丁寧に消し、隣室のガンケースに戻してから、社長室を出た。

ホテルの裏口から、外に出た。

小早川は、気をしずめるため、夜の海岸を歩いた。そのとき、携帯が鳴った。

亜矢からの、無事を確かめる電話だった。

「変りはないよ」

と、小早川は答え、亜矢の容態をきいてから、電話を切った。

それから、駅前まで歩き、タクシーを拾って、湯河原の旅館青山荘に戻った。

午前三時を過ぎていた。

中に入ると、廊下の奥に、ちらりと、女将の高橋君子の姿が見えた。

声をかけようとしたが、小早川は、止めて、自分の部屋に入った。

布団に入ったが、興奮しているので、なかなか、眠れなかった。

自分を狙撃《そげき》し、それが、亜矢に当たってしまった。その犯人が岡崎であることは間違いない。だが、誰かに頼まれて、狙撃したに違いない。

だから、今日、岡崎を殺さなかったのだ。

5

小早川の投げた石が、池に波紋を広げていった。

その波紋が、熱海と、湯河原で、いくつかの事件を起こした。

最初に、湯河原の古木が殺された。

次に、小早川が、K組の松浦明に狙われ、それが失敗して、松浦が口封じに殺された。

三番目に、青山荘の女将の高橋君子が、三日間行方不明になり、四日目に戻って来た。君子は、警察に対して、ひとりになりたくて、日本海を見て廻ったと答えたらしいが、本当かどうか、わからない。

そして、今日の狙撃である。

向うにいる敵が、あわてていることは、わかるのだが、六年前の殺人事件の真犯人の姿は、なかなか、見えて来ないのだ。

昼近くなって、小早川は、やっと、眼をさました。

昼食を食べに、外に出た。

歩いている途中に、日本そばの店を見つけて、小早川は中に入った。

有線放送で、演歌を流していて、面白い味だった。

演歌を聞きながら、そばを食べるというのも、妙にぴったりするものだと、小早川は、自然に、笑ってしまった。

その笑いが、突然、消えてしまった。

テレビのニュースが、新しい殺人事件を伝えたからである。

しかも、殺されたのは、ホテル・サンライズのオーナーの岡崎だった。

岡崎が、ホテルの社長室で、銃で射殺されていた、というのである。

〈秘書が、発見した時、岡崎さんは社長室の床に仰向けに倒れていました。胸を二発射たれており、傍に、凶器と思われる水平二連銃が、置かれていました。この猟銃は、被害者岡崎さんが、二年前に購入したもので、社長室の隣室のガン・ケースに、他の銃と一緒に、保管されていたものです。また、社長室には、椅子に敷いていたクッションが、放置され、穴が二つ見つかりました。硝煙が付着しており、犯人が、発射音を消すために、被害者の身体に、クッションを押し当てておいて、射ったものと、思われています。使用された銃から、指紋は、検出されませんでした。したがいまして、犯人は、手袋をはめていたか、凶行の後、拭《ふ》き消したものと、警察は、見ています〉

（あの銃だ）

と、小早川は、思った。

アナウンサーが、更に、こんなことを説明する。

〈なお、殺された岡崎さんの顔には、銃で殴られたと思われる傷痕《きずあと》があり、警察は、犯人は、銃で殴って気絶させてから、胸を二発射ったものと見ています。社長室の中

は、荒らされた様子はなく、怨恨《えんこん》説が、浮上しています〉

小早川が、あのホテルを出たのは午前三時頃である。

とすると、犯人は、その後で、あの部屋に入り、岡崎を射殺したことになる。

いったい誰が、岡崎を殺したのか？

そば屋を出て、歩き出すと、静岡県警のパトカーが、急ブレーキをひびかせて、彼の傍で、止まった。

バラバラと、二人の刑事が、降りて来て、

「小早川恵太さんですね？　殺人容疑の事情聴取のため、署まで同行していただきたい」

と、大声で、いった。

小早川は、逆らうこともなく、パトカーに乗り、熱海署に向った。

署内《うち》は、あわただしい空気に包まれていた。

ホテル・イーストでの古木正道殺しが解決されない中に、今度は、ホテル・サンライズのオーナーが射殺されたからである。

小早川は、取調室で、土屋警部の訊問《じんもん》を受けた。

「事件は、知っているね」

と、まず、土屋はいった。

「ああ。テレビで見たよ」

「君が、殺したのか？」

と、土屋は、いきなり、きく。

「バカなことはいわないでくれ」

と、小早川は、笑った。

「しかしねぇ、君は、見られているんだよ」

「誰に？」

「熱海のタクシーの運転手だよ。今日の午前三時半頃、君はそのタクシーに乗り、湯河原の旅館青山荘に帰った。間違いないね？」

「ああ」

「ホテル・サンライズで、岡崎社長を射殺してから、駅前で、タクシーに乗ったんだな？」

「違うよ」

「じゃあ、そんな時間、何処にいたんだ？」

「駅前の病院に、立花亜矢を見舞いに行ったんだよ」

「それは、前日の午後十時頃だろう。その時刻に、私が君に事情聴取をしている」

「そのあと、心配だから、もう一度、病院へ行ったんだ。ただ、面会を、断られたので、タクシーで帰ったんだ」

小早川は、長友の話を思い出しながら、いった。

この小早川の言葉は、意外だったらしく、土屋は、携帯を、病院にかけた。

そのあとで、

「確かに、若い男が、午前三時過ぎに、入院している立花亜矢の見舞いに来て、断られている。しかし、その男は、長友と名乗っているんだ」

「それが、おれなんだよ」

「じゃあ、これから、病院に行って、確認してみるかね？」

「わかったよ」

と、小早川は、小さく首をすくめて見せた。

「ホテル・サンライズに行って、社長の岡崎を射殺したんだな」

土屋が、決めつけるように、いった。

「いや。違うよ」

「じゃあ、何処にいたんだ？」

「ひとりで、夜の海岸を歩いていた」

「どうして？」

「立花亜矢を射った犯人を見つけたかったからだよ。あの犯人は、おれを狙って射ったんだ。彼女は、おれの身代りだったんだ。だから、何としてでも、銃を射った奴を見つけたかったんだよ」

と、小早川は、いった。

「証人は？」

「いないよ。そんな時間に、海岸を歩いている人間なんかいないからね」

と、小早川は、いった。

「君には、どうも不利だな。確かなアリバイはないし、君には、動機がある。岡崎は六年前の殺人事件で、君に不利な証言をしているからな。その恨みから、殺したことになる」

と、土屋は、いった。

「おれが、岡崎を射ったっていう証拠もないいんだろう？」

「直接証拠はないが、状況証拠は、十分だ」

と、土屋は、いった。

土屋が連絡して、十津川と亀井が、熱海署へやって来た。

「続きますね」

と、十津川は、いった。

「十津川さんは、ここのところ続けておきた事件を、連《つらな》ったものと、考えますか？」

土屋が、きく。

「ええ。連ったものと、考えていますが」

「しかし、同一犯人とは、思っておられないでしょう？」

と、土屋は、いった。

「どうしてです？」

十津川は、逆にきき返した。

「ホテル・イーストで、古木正道が殺された事件では、小早川には、アリバイがあります。一緒にいた近代ウイークリイの立花亜矢が、証言していますからね。しかし、今回の岡崎殺しについては、間違いなく、小早川が、犯人だと、確信しています」

と、土屋は、いった。

「小早川が、犯人ですか」

「動機もあるし、状況証拠も十分です」

「本人は、どういっているんですか？」

「一応、否定していますが、午前三時頃、ひとりで熱海の海岸を散歩していたなどと、いっています。夏なら、その可能性もありますが、今は、初冬ですからね。全く、信じられませんよ」

と、土屋は、いった。

「しかし、立花亜矢が、射たれた件では、小早川を、犯人とは、思っておられないんでしょう？」

「そりゃあ、そうです。二人が一緒に歩いているところを、射たれたんですから」

「その犯人については、どうお考えなんですか？」

「まだ、捜査中ですが」

「岡崎が、犯人とは、考えられませんか？　岡崎は、猟銃を、何丁も持っていたんですから、その中の一丁を使って、小早川を狙撃し、それが外れて、立花亜矢に当たってしまった。十分に考えられると思いますが」

と、十津川は、いった。

「もし、岡崎が、射ったとしたら、一層、その岡崎を、小早川が、殺したことが、考えられるんじゃありませんか。自分と立花亜矢が狙撃されたことに、かっとして、岡崎を、射殺したんですよ。動機は、十分じゃありませんか」

土屋が、嬉《うれ》しそうに、いった。

その話のあとで、十津川は亀井に向って、

「カメさんは、どう思う？」

「少し、簡単すぎますね」

と、亀井は、いった。

第十二章　犯人《ホシ》を追う

1

　静岡県警は、引き続き、長友進を、小早川の共犯容疑で、連行した。

　土屋警部は、十津川に向って、

「長友は、小早川に命令されて、岡崎たちの行動を調べて、報告していたと、話している。これも、小早川が、岡崎殺しの犯人であることの状況証拠になると、思っています」

　と、嬉しそうに、いった。

「長友の様子は、どうですか？」

「小早川の手足となって働いていることが、自慢に見えますね。あれなら、手柄顔で、ベラベラ喋《しゃべ》るんじゃありませんか」

「小早川が、岡崎を殺したとも、いっているんですか？」

「そこまでは、いっていませんが、なに、その中《うち》に、喋ると思いますよ」

と、土屋は、いった。

それが、翌日になると、急にトーンダウンしてしまった。

「困ったことになってきました」

と、土屋が、十津川に、いう。

「どうしたんです？」

「近代ウイークリイの立花亜矢が、小早川のアリバイ証言をしているんです」

「しかし、彼女は、入院中でしょう」

と、十津川は、いった。

「そうなんですが、犯行時刻に、彼女は、ずっと、小早川に携帯をかけていたというんです。その間、バックに、波の音が聞こえていたから、海岸を歩いていたのは、間違いないというわけです」

「そういえば、小早川も、犯行時刻には、ひとりで、熱海の海岸を歩いていたと証言していたんでしたね」

「そうです。最初は、電話のことなんか、一言もいってなかったのに、だんだん、自分の立場が危なくなってきたと思ったのか、あの時海岸を歩きながら、立花亜矢と電話していたと、いい出したんです。その上、病院の看護婦は、夜半に、病室をのぞいたら、彼女が、携帯をかけていたというんです」

「しかし、その相手が、小早川かどうかわからんでしょう。私は、違うような気がしますがね」

と、十津川は、いった。

「そうでしょう。私も、そう思って、刑事を、湯河原の青山荘にやって、小早川の携帯を押収させることにしました。その通信記録を調べれば、本当に、二人の間で、その夜、電話し合っていたかわかりますからね」

土屋は、元気を取り戻した声で、いった。

それが、また、元気を失くした声で、十津川に、連絡してきた。

「どうも、うまくありません」

と、いう。

「小早川の携帯を押収されたんでしょう?」

「押収してますが、通話記録を調べてみると、午前三時頃、たしかに、立花亜矢の携帯電話との通話記録が、残っていました」

と、土屋は、いった。

「しかし、それによって、小早川の犯行が不可能と、断定できるほどのものではないですね」

と、十津川は、いった。

「そうなんですが、困ったことに、近代ウイークリイの編集長から、本部長に電話がありました。一刻も早く、記者の立花亜矢を狙撃した犯人を捕えてくれ。それなのに、小早川を取り調べるとはどういうことなのか、場合によっては記事にすると、抗議してきたそうなんです」

と、土屋は、いった。

「それで、どうするんです？」

「本部長は、マスコミを気にする方ですから、小早川は、釈放することになるかも知れません」

土屋は、すっかり、弱気になっていた。

2

　十津川は、すぐ、亀井と、熱海の病院に、立花亜矢を訪ねた。

「やりましたね」

　と、十津川が、いうと、亜矢は、小さく笑って、

「何のことでしょう？」

「小早川のアリバイ証言ですよ。問題の夜、あなたは、ここから、小早川に、携帯をかけたと証言した。ずっと、話をしていたとですよ」

「事実をいったまでですわ」

「なぜ、そこまで、小早川のために、つくすんですか？」

　と、十津川が、きく。

「ですから、何のことでしょう？」

「電話の証言だけではなく、さらに、編集長をけしかけて、静岡県警に圧力をかけた」

「電話をしたのは事実だし、編集長をけしかけてなんかいません」

と、亜矢は、あくまで、いいつのる。十津川は、笑って、

「あなたが、嘘をついているかどうかは、あまり興味がないんです。私が、気になるのはあなたが、なぜ、そこまで小早川に入れ込むかということなんですよ」

「真実を知りたいからですね。近代ウイークリイもその線に沿って、記事を書いています」

と、亜矢は、いった。

「あなたは、前にも、同じことをいった。だから、私も、同じことをいいますが、小早川の目的は、真実を明らかにすることじゃありません。六年前の復讐をしたいだけですよ。もし、六年前の真犯人が、わかったら、彼は、間違いなく、相手を殺しますよ。あなたは、その手伝いをしていることになる。それでも、いいんですか？」

と、十津川は、いった。

「じゃあ、その前に、あなた方が、六年前の事件の真犯人を見つけ出してください」

亜矢が、いい返した。

「残念ながら、私たちは、警視庁の刑事で、ここで起きた事件の捜査は、出来ないことになっています」

「でも、県警に、協力は、出来るんでしょう？」

「出来ますが、主導権は、取れません」

「そんなの逃げ口上だわ」

と、亜矢は、いった。

「もし、所管が違うなら、なぜ、所管の違うところで私に、説教なさるの？　おかしいじゃありませんか」

「警部の負けですよ」

と、亀井が、笑った。

「参ったな」

と、十津川は、苦笑した。

「それでも、あなたに、いいたいことだけは、いいたくてね」

「私も、聞くだけは、お聞きしましたわ」

と、亜矢が、いったとき、彼女の枕元で、携帯が、鳴った。

亜矢が、手を伸ばして、携帯を手に取り、ちらりと十津川と亀井を見た。

十津川が、亀井を促《うなが》して、廊下に出た。

「何の電話でしょうか？」

と、亀井が、きく。

「多分、小早川が、釈放されたという知らせだろう」

と、十津川が、いった。

二人は、病院の外に出た。海岸に向って、坂道を下りながら、十津川は、土屋警部に携帯をかけた。

「今、こちらから、連絡しようと思ったんです」

と、土屋が、いった。

「小早川が、釈放されたんですね?」

「どうして、ご存知なんですか?」

「立花亜矢の入院した病院に来ていたんですが、外から電話が、かかって来ましてね。多分、小早川が釈放を知らせて来たんじゃないかと思いまして」

と、十津川は、いった。

「上からの命令で、仕方なく、釈放したんです」

「長友は、どうしました?」

「一緒に釈放しましたよ。彼だけ留置しておくわけには、いきませんから」

と、土屋は、いった。

「これから、難しいことになりそうですね」

「十津川さんも、そう思われますか」

「思います。小早川は、六年前の復讐をする気でいますからね」

「われわれ県警は、六年前の殺人事件の犯人は、今でも小早川だったと、考えていますよ」

と、土屋は、頑固に、いった。

「かも知れませんが、小早川が、復讐の念に燃えていることは、間違いありません」

「では、誰を殺そうと考えているんですかね？」

と、土屋が、きく。

「多分、小早川は、まだ殺すべき相手が見つからないんだと思います。見つかれば、まっすぐに、その相手を殺しに行く筈ですからね」

「しかし、すでに、二人の人間が、殺されていますよ。二人とも、六年前の事件の関係者ですが」

と、土屋が、いった。

「湯河原の古木正道に今回の岡崎でしょう。私の見るところ、この二人は、小早川に殺されたとは考えられません」

と、十津川は、いった。

「じゃあ、仲間割れですか？」

「多分、そうだと思います」

「小早川は、今日、どうすると思いますか？　私としては、尾行をつけておきたかったんですが、本部長にいわれて、やめてしまっているんです」

と、土屋は、いった。

「小早川は、これから、K病院の立花亜矢に、会いに行くと思います。何しろ、彼女のおかげで、釈放されたんですから、花束でも買って、お礼に行く筈です」

「じゃあ、今日は、何も危ないことは、やりませんかね？」

「多分、今日は、何もやらないと思いますが、わかりません。一応、本田英一郎と、沢口弁護士、それに塚本ゆかりの三人は、ガードして下さい」

と、十津川は、いった。

「湯河原の方は、どうしますか？　私の方から、若宮警部補に、連絡しておきますよ」

と、土屋は、いった。

「お願いします」

と、いって、十津川は、電話を切った。

二人は、坂道を降り切って、海岸通りに出ていた。

午後四時を回ったところだから、まだ、明るく、沖合いの初島が、はっきり見える。

通りを渡って、熱海市自慢のサンビーチに出た。

砂浜を歩く。

初島行の船が、出て行くのが、見えた。

「金次は、まだ、初島にいるんですかね？」

と、亀井が、立ち止まって、島に眼をやった。

「いるとしても、自分の船に移っているんじゃないかな」

と、十津川は、いった。

「小早川のことですが、われわれは、彼の誘拐容疑について、調べに来ているんでした」

と、亀井が、いった。

「その通りだ」

「状況証拠は、十分ですが、決定的な証拠が、つかめません」

「私の勘だと、間もなく、全てが解決する筈だ」

「どうしてですか？」

「小早川にも、時間が、無くなっているからだよ」

と、十津川は、いった。

「どんな風にですか？」

「私は、彼が、九月の誘拐事件の犯人だと確信している」

「同感です」

「第一に、小早川は、間もなく、われわれが、証拠をつかんで、自分を逮捕するだろうと、考えている筈だ。第二に、誘拐事件で手に入れた二千万円を間もなく使い切ってしまう筈だ」

「ええ」

「一方、小早川は、それまでに、六年前の事件の真犯人を見つけ出して、復讐したいと思っている。どちらにしても、小早川は、時間的に追いつめられているんだ」

「怖いですね」

と、亀井は、いった。

3

同じ頃、立花亜矢の病室では、小早川が、

「じゃあな」

と、いって、立ち上った。

「これから、どうするの？」

亜矢がきく。

「しなきゃいけないことが、沢山あってね。それなのに時間が、ないんだ」

と、小早川はいった。

「さっき、十津川警部と、亀井刑事が、来ていた」

「そうだろうな。おれのことを、何かいってたんだろう？」

「私は、小早川さんの目的は、真実を明らかにすることだといった。そのために、六年ぶりに、ここに戻って来たんだと。でも、十津川警部は、復讐のためだといっていたわ」

「なるほどね」

と、小早川は、笑った。

「本当は、どっちなの？」

「真実を明らかにすることも、復讐することも、おれにとっては、同じことなんだ」

と、小早川は、いった。

一緒に来ていた長友も、立ち上った。

「おれも一緒に行くよ」

「お前には、別に頼みたいことがある」

と、小早川は、いった。

「何だい？」

「熱海と、湯河原のクラブ『あい』に行って、都合で、今月一杯で閉めることにした
と、ママの小雪や、ホステスに話してくれ」

「今月一杯って、あと、四、五日しかないよ」

「わかっている。不動産屋にいえば、保証金が戻ってくるから、それを退職金として、
みんなに渡すんだ」

と、小早川は、いった。

「そのあとは？」

「おれからの連絡を待っていろ」

「何だか、変だな」

と、長友が、いった。

「変なことはないだろう」

「一生の別れみたいな感じがするよ」

「バカなことをいうな」

と、小早川は、笑った。

「私も、長友クンと同じ気持がしてるわ」

と、亜矢が、いった。

「まるで、おれが死んじまうみたいないい方だな」

「おれは、死にやしないよ。何回も狙われたが、こうして、ぴんぴんしている」

と、小早川は、いい、

「でも、敵も、必死だと思うわ」

「だろうな」

「あなたが、真実に近づけば近づくほど、危険が増すに違いないわ」

「よくわかってる。そのスリルが、たまらないんだよ」

と、小早川は、また、笑った。

「明日、また、見舞いに来て」

と、亜矢は、いった。

「ああ、来るよ」

「明後日もよ」

「もっと、大きな花束を持って来て」

「ああ」

病院を出たところで、小早川が、

「少し早いが、夕飯を食べるか」

と、長友に、声をかけた。

「おれは、スキヤキが食べたい」

と、長友は、いう。

「いいだろう。美味《うま》い店に連れてってやる」

病院前の坂道を、まっすぐ下れば、海岸に出る。二人は途中で、左に曲った。

古い商店街で、道は、狭い。

二人は、その中にあるスキヤキ「長久」に入った。

小早川は、「特上」を注文し、ビールを運んで貰った。

「乾杯しよう」

と、小早川は、いった。

そのあと、小早川と、長友は、猛烈に食べた。

小早川は、箸《はし》を置き、煙草に火をつけた。

「さっきいったことを頼むぜ」

と、小早川は、いった。

「これから、兄貴は、どうするんで？」

と、長友が、きいた。

「仕事だ」

「仕事？」

「くわしいことは、聞くな」

「ああ、聞かねえよ。明日は、病院に、見舞いに行くんだろう」

「ああ、約束したからな」

「明後日も行くと、約束してたぞ」

「ああ」

「彼女をどうする気なんだ？」

と、長友が、きいた。

「何のことだ？」

「彼女、兄貴に惚《ほ》れてるよ」

「バカなことをいうな」

と、長友は、いった。

「それは、悪いことじゃないぜ。あんたの身代りに射たれた女じゃないか」

「それだけかい？」

「それだけだ。余計なことをしたと思ってる」

と、小早川は、いい、

「余計なことをいうな」

「帰るぞ！」

と、自分に、弾《はず》みをつけるように、声を大きくした。

店を出たところで、小早川は、長友の肩を叩《たた》いた。

「お前は、クラブ『あい』に行け」

「明日、必ず、病院へ来てくれよ。大きな花束を持って」

と、長友が、いう。

「明日の午後三時に行く」

「おれも三時に行ってるよ」

と、長友は、いった。

小早川は、もう一度、彼の肩を叩いて、歩き出した。

長友は、しばらく、小早川の背を見つめていた。その背が闇《やみ》の中に消えるのを見送ってから、やっと、熱海のクラブ『あい』に向って、歩き出した。

長友には、小早川が、これから、何をやろうとしているのか、はっきりしたことは、わかっていなかった。

ただ、危険なことらしいとだけは感じていた。

4

小早川は、歩きながら、湯河原の青山荘に電話をかけた。

「女将を呼んでくれ」

と、いい、高橋君子が出ると、

「おれだ」

と、ドスを利かせた声を出した。

「いよいよ、今夜、お前を殺すことに決めた。もし警察にいったら、旅館ごと、燃やしてやるぞ」

それだけいって、小早川は携帯を切った。

しかし、小早川が向ったのは熱海七湯の一つだった。

料金を払って、露天風呂に身体を沈めた。

のんびりと、夜空を見上げる。

今頃、高橋君子は、金切り声で、警察に助けを求めているに違いない。

仲間に、助けを求めているだろう。

午後九時まで、ゆっくり、温泉を楽しんでから、小早川は、町に出た。

冷たい風が、心地いい。

小早川は、一つのビルに入って行った。

ビルの五階に「沢口法律事務所」の看板がかかっていて、まだ明りが点いていた。

刑事の姿はなかった。多分、今頃は、湯河原へ行っているだろう。

ドアを思い切り、蹴破《けやぶ》った。

部屋の奥で、所長の沢口が、驚いて、椅子から立ち上るのが見えた。

小早川は、部屋の中に、沢口一人であることを、確かめてから、ポケットから拳銃を取り出した。

「不用心だな」

と、小早川は、いった。

銃口を、沢口に向ける。

「私を殺すのか？」

と、沢口が、声をふるわせた。

小早川は、椅子を引き寄せ、向い合って、腰を下した。

「ああ。殺すが、ゆっくり殺してやる」

と、小早川は、いった。

「どうして、私を殺すんだ？」

「裁判でおれに不利な証言をしたからだ」

「君に不利な証言をしたのは、私だけじゃない」

「そうだ。芸者の雪乃以外は、全員、おれに不利な証言をした。なぜなんだ？」

「君が、あの頃、ワルだったからだよ」

と、沢口は、いった。

「そうか、じゃあ、あんたを殺すより仕方がないな」

小早川は、消音器を取り出して、ゆっくりと、銃口に取りつけていった。

沢口の顔が、青ざめていく。

「どうして、私を殺すんだ？」

「他の返事だったら助けてやっても良かったんだが、そんなつまらない答じゃな。死んだ方が、世の中のためだ。悪徳弁護士さんよ」

サイレンサーのついた銃口を、沢口の顔に突きつけた。

「助けてくれ！」

と、沢口が、叫ぶ。

「駄目だ」

「実は、頼まれたんだ」

「誰にだ？」

「岡崎さんだよ」

「死んだ人間に、確かめようがないな。サヨナラだ」

小早川は、引金に手をかけた。

「嘘じゃない！」

「死ねや」

「岡崎さんも、誰かに頼まれたんだと思う」

と、沢口は、いった。

「誰に？」

「そこまでは、私は知らん」

「やっぱり、死んで貰う」

「待ってくれ！」

「駄目だ」

「本田さんかも知れない」

「知らないと、いった筈だぞ」

「岡崎さんに頼んだとすれば、本田さんしか考えられないんだ」

「じゃあ、電話しろ」

と、小早川はいった。

沢口は、受話器を取ると、ふるえる指先で、ボタンを押していく。

小早川は、手を伸ばして、スピーカーに切りかえた。

「本田さんか」

と、沢口が、いう。

「沢口先生ですか。何の用です？」

と、本田の声が、きく。

「六年前の事件の時、小早川に不利な証言をしているが、なぜ、あんな証言をしたんです？　誰かに頼まれたんですか？」

「どうしたんです？　そこに、誰かいるんですか？」

と、本田がきいた。

「誰もいませんよ」

と、沢口が、あわてていう。

「それなら、今更、どうしてそんなことをきくんですか？」

本田が、用心深く、きいてくる。

小早川は、沢口から、受話器を奪い取って、

「正直に話してくれないと、沢口弁護士は、殺されるんだ」

「誰だ？　小早川か？」

「答は？」

「そんなこと、君に話せるか」

「それが、返事か。じゃあ、沢口弁護士は、死ぬぜ」

小早川は、いきなり、銃身で、沢口の顔を殴りつけた。

沢口が悲鳴をあげる。

「おい！　大丈夫か？　何をしたんだ？」

本田が叫ぶ。

小早川は、黙って、受話器を置いた。

ゆっくりと、事務所を出る。

これで、刑事たちは、今度は、湯河原から、この法律事務所に、駆けつけてくるだろう。

小早川は、ビルを出ると丁度、通りかかったタクシーをとめた。

乗り込んで、

「湯河原まで」

と、運転手にいった。

タクシーは、海岸通りを、湯河原に向って、走り出した。

途中で、サイレンを鳴らして、静岡県警のパトカーが一台、二台と、すれ違っていった。

5

湯河原に入ると、藤木川のK橋近くで、小早川はタクシーをおりた。

ゆっくり、川沿いに、青山荘に向って、歩いて行く。

青山荘に着くと、神奈川県警のパトカーが、一台、とまっているのが見えた。

車内に、派出所の所長の若宮がいて、携帯をかけていた。

小早川は、旅館の裏手にある竹林に入って行った。ぐるりと、大廻りをして、旅館の勝手口に身体を滑り込ませた。

非常階段を、三階に向って登っていった。

上の方から、男女の話し声が聞こえてきた。

女の方は、高橋君子の声だった。とすると、男の方は派出所の泉という若い巡査だろうか。

三階にあがると、廊下の暗がりに、身体を隠した。

じっと、そのまま、気配を窺《うかが》う。

泉巡査が、携帯を使いながら、女将の部屋を出て来た。

やり過ごしておいて、小早川は銃身で後頭部を殴りつけた。

泉の身体が、倒れるのを、小早川は抱えて、そっと、廊下に横たえた。

そのあと、小早川は、女将の部屋の襖《ふすま》を開けた。

着物姿で鏡に向っていた君子が、ぎょっとした顔で振り向いた。

小早川は銃口を、君子に向けて、後手で、襖を閉めた。

「約束どおり、あんたを殺しにきたよ」

「なぜ、私を殺すんです？」

唇が、小さくふるえていた。

「理由はわかっている筈だ」

「裁判で、あんたに不利な証言をしたから？」

「あんたは、嘘をついた。あの日、おれは、仁科あいをベランダで殴ったりはしていない。あんただって、それを知っていて、法廷で嘘をついた。何のためだ」

と、小早川がきく。

「そう見えたんですよ」

と、君子は、いった。相変らず、唇がふるえている。

「やっぱり、殺さなきゃならないな。残念だ」

「また、刑務所へ行くことになるわよ」

「そんなことは、承知だ。殺してやる!」

と、小早川が叫んだ。

「頼まれたのよ!」

と、君子が叫んだ。

「誰に?」

「会計士の古木さん」

「殺されたいんだな」

「嘘じゃないわ。本当に、古木さんに頼まれたのよ!」

「死んだ人間に、責任を負わせるのか」

「本当だから、仕方がないわ」

「頼まれれば、偽証もするのか?」

「仕方がなかったのよ。ごめんなさい!」

君子は、いきなり、畳に手をついて、頭を下げた。

「下手《へた》な芝居は止めろ! 古木にどんな弱味があったんだ?」

「お金よ」

「あの頃、どうしても資金ぐりがつかなくて、それで、古木さんに逆らえなくて」

と、君子は、いう。

「あんたは、六年前の事件のあと、五千万円の借金をきれいに返したらしいな。古木に、その金を出させたのか？　偽証の代償に」

「そうよ。もう、わかったでしょう！」

「おかしいな」

「何が？」

「古木に、そんな大金があったとは思えない。だからこの話は、嘘だ」

「嘘じゃないわ。間違いなく、あの時、古木さんに、五千万円を、用立てて貰ったのよ」

「どんな条件でだ。利息はいくらで、何ケ月で、返すことになったんだ？」

「――――」

「話せ！　話さなければおれは、あんたを殺すぞ！」

「利息はゼロ」

「期限は？」

「金？」

「五年」

「バカをいうな。この不景気な時代に、誰がそんな甘い条件で、大金を貸すものか」

「おかしいかも知れないけど、本当なのよ。信じて、頂戴《ちょうだい》」

「おれを、刑務所に送り込む代償として、五千万円の金か」

「――――」

「あいつが、真犯人なのか」

「――――」

「どうなんだ？　六年前、仁科あいを殺した真犯人は、古木だったのか？」

「知らないわ。でも、今、私がいったことは、本当よ。嘘はついてないわ」

と、君子は、大声を出した。

「三日間、姿を隠していたが、何処で、何をしてたんだ？」

と、小早川は、きいた。

「息抜きに、九州へ行ってたのよ」

「九州の何処だ？」

「由布院《ゆふいん》温泉」

と、君子はいった。

しだいに、階段の方が騒がしくなった。
若宮の声が、聞こえた。
「泉巡査！　何処にいるんだ！」
と、怒鳴っている。
「静かにしてろ！」
と、小早川は、君子に、いってから、窓を開けた。
身を躍らせ二階の屋根に飛び降りた。
更に、一階の庭に飛びおりて、木戸から、外へ出た。
上の方で、若宮が、何か叫んでいた。
藤木川沿いの道路に出る。
急に、寒さを感じて、上衣の襟《えり》を立てた。わざとゆっくり、川沿いの道をおりて行く。
ただ、頭の方は、鋭く回転していた。
（六年前の殺人事件の真犯人は、公認会計士の古木正道だったのか？）
そんな筈はない！

第十三章　皆殺し

1

湯河原青山荘の女将、高橋君子の死体が湯河原吉浜の海岸で、発見された。
早朝である。
黒い砂浜には、波が打ち寄せている。
着物姿の君子の死体は、その波にゆられていた。
小田原警察署湯河原派出所の所長の若宮が、泉巡査と、死体を調べていた。
十津川と、亀井が、砂浜におりて行くと、若宮が、寄って来て、
「殺しの疑いがあるので、小田原署へ連絡したところです」
と、いった。

「溺死《できし》ですか？」

十津川が、きいた。

「だと思われます」

「しかし、この辺りは、遠浅でしょう。簡単には溺死はしないんじゃないかな」

亀井が、いうと、若宮は、肯いて、

「だから、殺人の疑いを持つんです。頭を押さえつけて、溺死させたんじゃないかと、考えています」

「和服姿ですが、履物《はきもの》がありませんね」

と、十津川が、いった。

足袋《たび》は、はいているが、草履《ぞうり》はない。

「今、それを、探しています。ハンドバッグは、犯人が、持ち去ったと思いますが、海水に濡《ぬ》れた草履まで、持ち去るのは、おかしいので、波が、何処かへ、浚《さら》って行ったと考えています」

と、若宮は、いった。

砂浜には、野次馬が集って来て、遠巻きに見ている。

三十分ほどして、小田原から、パトカーや鑑識の車が、到着した。

本格的な捜査が始まった。

十津川と、亀井は、それを見てから、車に乗った。東京警視庁のパトカーだから、目立つ。

二人は、その車で、奥湯河原の青山荘に向った。

女将の死は、知らされているとみえて、騒然としていた。

ロビーに入って行くと、そこに、小早川が、いた。

「あなたを探していたんだ」

と、十津川は、声をかけた。

小早川は、考えごとをしていたらしく、ぼんやりした眼を、十津川に向けた。

「この女将《おかみ》が、吉浜の海岸で、死んだことは聞いたかね？」

と、亀井が、きいた。

「ああ、聞いた」

と、小早川が、肯く。

「殺しらしい。とすると、まず疑われるのが、君だな」

亀井は、小早川を見すえるようにして、いった。

「おれを、逮捕しに来たのか？」

「君が、殺したのか？」

「おれが、何で、あの女を殺すんだ？」

「六年前の事件で、君が、女将を恨んでいることは、みんな知ってるよ」

と、亀井が、いった時、ドカドカと、神奈川県警の刑事たちが入って来た。

瞬間、小早川は、飛び上るようにして、二階への階段を、駆け上った。

「待て！」

と、叫んで、県警の刑事が、追いかける。その先頭に、若宮が、いた。

しかし、十二、三分すると、刑事たちは、ドカドカとおりて来た。

「どうでした？」

十津川が、若宮にきくと、彼は、小さく首を振って、

「二階の窓から、飛びおりて、裏の山へ逃げました。猿みたいな奴です」

「小早川が、女将を殺したと考えてるわけですか？」

「証拠はありませんが、まず間違いないですよ。刑事が二人残って、女将の部屋と、小早川が泊まっていた部屋を調べていますから、すぐ、何か見つかる筈《はず》です」

若宮は、楽観的に、いった。

2

青山荘の裏山に逃げた小早川は、なかなか、見つからなかった。

昼近くに、熱海署に、沢口弁護士から、電話が、かかった。

昨夜、小早川が、押しかけて来て、拳銃で、脅かされたというのだ。

静岡県警の土屋警部に誘われて、十津川と亀井も、沢口の法律事務所に、出かけた。

沢口弁護士は、刑事たちに向って、まくし立てた。

「拳銃を、突きつけられたんですよ。殺されるかと思いましたよ。あの男は、狂犬だ。一刻も早く、逮捕して下さい」

「今、青山荘の女将を殺した容疑で、探しています。見つけ次第、逮捕しますよ」

と、土屋は、いった。

「多分、私を、襲ったあと、湯河原へ行って、青山荘の女将を殺したんだと思いますよ。私は、何とか、説得したんで、小早川は、脅しただけで、帰ったんでしょうが、あの女将は、一番、恨まれていましたからね」

沢口が、いう。

「拳銃で脅して、小早川は、あなたに、何をいったんですか？」

と、十津川は、きいた。

「六年前の恨みつらみをいってましたよ。どうして、おれに不利な証言をしたんだとね。あの頃、小早川は、ワルだったから、その通り証言したのを、逆恨みしているんですよ」

「他の人たちも危ないな」

と、土屋は、いい、部下の吉田刑事に、

「電話して、確認してくれ」

と、いった。

吉田は、少し離れた場所で、携帯をかけていたが、戻って来て、

「湯河原の赤木豊が、行方不明です」

と、土屋に、いった。

「赤木？　ああ、スーパー『アカギ』のオーナーか」

「昨夜おそく、自宅を出たまま、朝になっても、帰っていないそうです」

と、吉田は、いった。

土屋は、沢口弁護士に向って、

「この事務所に、警官を護衛につけます。十津川さん、湯河原に、一緒に行きますか？」

と、十津川を見た。

3

静岡県警のパトカーのあとに、十津川たちの車が続く。

その車の中で、亀井が、

「皆殺しにするつもりですかね？」

と、舌打ちした。

「カメさんも、小早川が殺したと思っているのかね？」

「他に、犯人はいないでしょう」

「それにしても、なぜ、急に、次々に、殺し始めたんだろう？」

と、十津川が、きく。

「時間が、なくなって来たんじゃありませんか」

「時間？」

「今朝の地元紙に、熱海と湯河原のクラブ『あい』が、閉店すると出ていました。小早川の子分の長友がやって来て、ママや、ホステスに、今月一杯で、店を閉めるといったそうです。金が無くなったんですよ。それに、私たちが、誘拐容疑で小早川を追っています。追いつめられた気分にも、なっているんじゃありませんか。だから、この際、恨みを、いっぺんに晴らす気持ちになっているんだと思いますがね」

と、亀井は、いった。

「カメさんのいうことは、当たっているかも知れないな。誘拐で手に入れた二千万円は、もう無くなる頃だ」

と、十津川も、いった。

しかし、これで、何人殺されたことになるのだろう。

小早川が、熱海、湯河原に舞い戻って来てから殺人事件が連続して起きている。

十津川は、まだ、彼が犯人とは断定できずにいるが、彼が、戻って来なければ、起きなかった事件であることは、間違いないと思っている。

（あの男が期待したことなのか、それとも違うのか？）

湯河原駅近くの「アカギ」ビルに到着した。

経営が苦しいと聞いているが、この近くに、この大きさのスーパーが無いせいか、ビルの一、二階が、店で、最上階の四階が、自宅になっていた。

結構、賑《にぎわ》っていた。

土屋警部と、十津川たちが、そこに、上って行った。

神奈川県警が、すでに来ていた。若宮の顔があって、彼が、説明してくれた。

「家族の話では、昨夜、十時頃、ちょっと出かけてくるといって、赤木は、外出したそうです。その時、何か怯《おび》えている感じだったといっています」

「そのまま、朝になっても、帰らないんですね？」

土屋が、念を押す。

「そうなんです。熱海の岡崎社長や、湯河原の青山荘の女将のことがあるので、心配しています」

と、若宮は、いった。

「赤木さんは、車で出かけたんですか？」

十津川が、きいた。

「そうです。車は、トヨタの白のＲＶ車で、今、探しています」

若宮は、車のナンバーを教えてくれた。

一時間後に、その車が、湯河原の梅林近くの駐車場で発見された。

と、長友は、いった。

「その時、これから、六年前の復讐《ふくしゅう》をするんだと、いっていたんじゃないのか？」

と、土屋警部は、長友を睨《にら》みつけるようにして、きいた。

長友は、ニヤッと笑った。

「兄貴は、平和主義者だよ」

「小早川は、拳銃を持っていたな？」

「さあね。おれは見たことがないね」

と、長友は、いう。

「君は、小早川に頼まれて、二つのクラブ『あい』を閉店したんだな？」

と、土屋は、きいた。

「そいつは、認めるよ。兄貴はもともと、商売に向いてないいんだ」

訊問のあと、土屋は、十津川に向って、

「どうも、のらりくらりしていて、手に負えません」

と、溜息《ためいき》をついた。

「小早川のことを兄貴と慕っているから、彼の不利になることは、いわんでしょう」

「そうなんです」

「入院中の立花亜矢に話を聞かれましたか？」

「聞きました。こちらは、それなりの収穫があったと思っています。彼女は、小早川が、むちゃな行動に出ないかと、それを、ひどく、心配していました。ということは、逆にいえば、小早川が、むちゃな行動に出たということにもなって来ますよ」

と、土屋は、いった。

「小早川は、それらしいことを、彼女に、いい残したということですかね？」

「はっきりとは、いっていませんがね。彼は、見舞いに来て、多分、六年前の事件について、決着をつけるといったんじゃありませんか。だから、彼女が心配している。岡崎社長や、赤木オーナー、それに、青山荘の女将が、殺されたのは、その表われだと思っているんですよ」

土屋は、小早川が、殺人犯と決めつけるいい方をした。

「一つ、疑問があるんですが」

と、十津川は、いった。

「十津川さんは、小早川が、犯人じゃないとお考えなんですか？」

「そうはいっていません」

「じゃあ、どんな疑問があるんですか？」

土屋は、やや、切り口上で、いった。

「六年前、小早川に不利な証言をした人間は、熱海と湯河原の両方で、何人もいたわけでしょう？」

「だから、小早川は、次々に、その相手を殺しているんですよ。復讐です。こんなに、はっきりした動機はありませんよ」

と、土屋は、いった。

「それはわかりますが、殺された人間と、殺されなかった人間がいますね。湯河原の古木という公認会計士は、小早川以外の人間が殺したことになっています」

「これは、別の事件と考えています」

「その他の人間ですが、岡崎政明、赤木豊、それに、高橋君子は、殺されましたが、他の人たちは、殺されていませんね」

「しかし、沢口弁護士は、殺されかけていますよ。他の人たちも、脅かされているんです」

土屋が、いった時、彼の言葉を裏付けするような連絡が、飛び込んできた。

湯河原の二上土地の社長、二上専太郎が、殺されたという知らせだった。

彼も、六年前の事件の時、小早川に不利な証言をした一人だった。

「十津川さん。また、小早川に一人、殺されましたよ」

と、土屋は、勝ち誇ったように、いった。

その現場に行くという県警の刑事たちに、十津川と、亀井は、ついて行くことにした。

二上土地は、湯河原に、三ケ所の事務所を持っていた。その中の一つで、二上専太郎は、頭を射たれて死んでいたのである。

4

東海道本線の線路際の事務所だった。

プレハブの二階建で、湯河原の町らしく、土地の売買の他に、温泉の権利の売買もやっていた。

その二階で、二上は、頭を射たれて死んでいたのだ。

一階は、事務所で、二階には、簡易ベッドが置かれていたから、二上は、ここで、寝ることもあったのだろう。

至近距離から、後頭部を射たれ、弾丸は、眉間《みけん》のところから、飛び出していた。